大唐阴阳书

糖衣古典 著

北京联合出版公司
Beijing United Publishing Co.,Ltd.

图书在版编目（CIP）数据

大唐阴阳书 / 糖衣古典著 . -- 北京：北京联合出版公司 , 2021.4（2022.8 重印）

ISBN 978-7-5596-4947-8

Ⅰ . ①大… Ⅱ . ①糖… Ⅲ . ①长篇小说—中国—当代 Ⅳ . ① I247.5

中国版本图书馆 CIP 数据核字 (2021) 第 011656 号

大唐阴阳书

作　　者：糖衣古典
出 品 人：赵红仕
责任编辑：郭佳佳
封面设计：吴黛君

北京联合出版公司出版

（北京市西城区德外大街83号楼9层 100088）

北京新华先锋出版科技有限公司发行

涿州汇美亿浓印刷有限公司印刷　新华书店经销

字数186千字　787毫米 × 1092毫米　1/16　16印张

2021年4月第1版　2022年8月第2次印刷

ISBN 978-7-5596-4947-8

定价：59.00元

目录 —

Contents

引 子

庭院深深深几许。

屋子里面大白天的桌子上居然点着一支蜡烛。烛光明明灭灭，照着不远处的一老一少。老者少说也有七八十岁，躺在一侧的床上。脸色蜡黄。少女也就十六七岁的样子。只见那个老者喘了一口气，看着眼前的少女，低低道："我说的你都记住了吗？"

少女两眼含泪，使劲点了点头："我记住了，爷爷。"

老者这才松了一口气，然后头向后仰，慢慢靠在枕头上，口中喃喃道："七百八十四个大活人啊，就那样没了，活活埋在城根底下，唉……"

少女打了一个寒噤。爷爷刚才告诉他的，就是这天津卫的来历。天津卫当年乃是一个卫所，明建文二年（1400），燕王朱棣在这里渡过大运河，南下和建文帝争夺皇位，一朝称帝。其后，为了纪念靖难之役，便在这里建立卫所，屯兵护卫北京，这里也便被称为天津，意为天子经过的渡口。

古时候的帝王，有两大忌讳：一不登楼；二不渡海。纣王无道，宠幸妲己，最后登上鹿台而死；周幽王为博美人一笑，登上烽火台，最后贻笑千古；宋末帝被陆秀夫所负，投海而死。燕王朱棣当年渡过大运河，还未及登基为帝，是以并没有想到这些，谁知道，朱棣九五之尊，登基为帝之后，他曾渡过的大运河也就沾染了王气。天津卫九河下梢，大运河只是其中一条，这大运河向南而去，到得沽河口，和沽河汇合，东流出海。这王气也一路奔流，浩浩荡荡，出海而去。

北京天津地脉相连，这王气扯动，大明朝的根基便不再稳固。如此一来，时间久了，朱棣担心江山坐不稳，便招来自己的两个手下，前来商议。这两个手下都赫赫有名，其中一个便是大名鼎鼎的姚广孝，另一位则是袁恭。

袁恭告诉朱棣，那天津卫沽河入海口外泄的王气，已然成了一条入海龙。朱棣询问二人如何应对，袁恭和姚广孝回复说，要好好谋划一番。

二人回去之后，都是苦思冥想，想了十天，还是不得要领。袁恭随即出门，走在大街上，耳朵边似乎听到一个声音，在不住地念叨："照着我，造一座城，就能镇住那条入海龙。"

袁恭一呆，抬起头，循声望去，只见前面不远处有一个身穿红衣服的小孩，正独自站在路边，笑嘻嘻地看着他。袁恭心中一动，快步走了过去，来到那店铺跟前，这才发现，原来那个店铺是一个卖年画的铺子。

那年画铺子的老板在门口挂着一幅年画，年画上所绘的便是一个红衣小孩的画像。红衣小孩粉雕玉琢，看上去极为喜庆。小孩身上更是缠着红绫，手中拿着一杆长枪。

袁恭心头猛然剧震，随后将那幅画买了回去，回禀朱棣，照着画上红衣小孩的样子，将北京城重新打造一番，便可高枕无忧。

这北京城就是那八手哪吒的模样。传说之中，那哪吒便是八手八臂，大闹东海，将那海龙王整治得无半点脾气。这北京城建成八手哪吒的模样，自然便能够镇住那一条入海龙。

朱棣大喜，但还是不放心，生怕那入海龙依旧泄漏王气。姚广孝随即想出一个办法来。

姚广孝告诉朱棣，宋朝的汾阳有一个老禅师，叫作无德，无德禅师曾经说过一段偈语：懵懂禅流眼不开，仰山直下募头钉。

无德禅师讲的这一段偈语，并不是在说法度化世人，而是在讲解《佛说陀罗尼经》里面的一个镇龙法。

"牛粪和泥作一龙形，龙尾头向西，咒白芥子打其泥龙，一咒一打一百零八遍。以紫檀橛钉龙项上，其雨即止。"姚广孝告诉朱棣，在天津卫造一座锁龙大阵，便能镇住那入海龙。

姚广孝说，这阵法必须以活人为祭，按照天上二十八宿的星位，二十八人为一宿，一共七百八十四人。这七百八十四人必须阳气旺盛。将这些人埋在这天津卫的二十八个星位阵眼之上，这样一来，那一条入海龙便被留在这沽河口了。

大明朝的王气，便无法宣泄出去，而且这锁龙大阵还必须要在永乐二年（1404）十一月二十一日完工，因为这一天节交小雪，雪遇水结冰。

入海龙乃是一条水龙，入冬之后，水龙行动缓慢，一天完工的话，这条入海龙便可以被困在这渤海湾。否则，到了大雪，寒气大盛，那入海龙便即沉入海底。错过这一天，再想要困住这入海龙，就要等到来年的小雪了，大明朝的王气，便又白白流失一年。朱棣听后，随即吩咐姚广孝着手去建造这锁龙大阵。

永乐二年的十一月二十一日，这一天，天上飘起了小雪。姚广孝站在那锁龙大阵跟前，看着眼前的这座阵法，面露微笑。但片刻之后，远处隐隐传来鬼哭之声，让他脸上神色大变。

姚广孝随即带着众人匆匆离去。锁龙大阵被那飞雪慢慢遮盖，影踪不见。

这锁龙大阵，毕竟有违天道。那七百八十四个阳气旺盛的男子，自此便被埋在这二十八宿星位阵眼之上。但是姚广孝并不知道，这里面居然有一个人活了下来。

少女道："爷爷，你不是说，还有一个人活了下来吗？"

老者听到少女的这一句话，忍不住咳嗽了几声，跟着低声道："是啊，那个人历经千难万险，居然活了下来——要想找到那本书，就一定要先找到那个二十八宿活下来的人，知道吗？"

少女似懂非懂地点点头。她不明白，爷爷为什么非要自己找到那本书。那本书到底有什么神奇的地方？再说了，那个当年锁龙大阵二十八宿唯一活下来的人，到了现在，还能活着吗？这可是过了几百年了……

那本书在哪里？

那个人又在何方？

第一章
古怪的病

我叫王看山。看山不是山、看水不是水的王看山。

我十八岁的时候，接触到一本书，那本书叫阴阳书，从此以后，我仿佛打开了另外一个世界。再看山的时候，山如蛟；再看水的时候，水如龙。整个华夏神州，都在这一本奇书之中，九龙腾蛟，风云际会，万古龙庭，气吞山河……

故事是从一个美丽的女人开始的。那个女人叫司马姗姗。我第一次看到她的时候，就感觉她的眼睛真的像星河一样璀璨。只是不知道为什么，她的眼睛里面有一丝忧郁。对于我们这一行来说，来的都是客。

我微微一笑，问道："你有什么事，姑娘？"

司马姗姗看着我，皱着眉："我得了一种怪病，只有你能够救我。"

我一呆，被她的容颜所惑，数秒钟之后才醒悟过来，笑道："姑娘，我又不是大夫，我可救不了你。"

司马姗姗很执拗："那个人说了，只有你能够救我。"

我满头雾水："什么人？为什么只有我能够救你？再说了，我也不知道你得的是什么病啊。"

司马姗姗看着我，迟疑了一下，慢慢伸出右臂，跟着将右臂的袖子往上褪去，随后露出一只雪白的臂膀。

我看了一眼，急忙将头转了过去，一颗心怦怦直跳。

我道："你要干什么？"

司马姗姗声音里面有些忧虑："你看看我这个是什么病？"

我听司马姗姗这么说，心里这才一松，转过头来，目光落在她的手臂上。只见在司马姗姗雪白的手臂上，赫然长着一张人脸……

我的心差一点跳了出来。那张人脸眼、耳、口、鼻俱全，此刻闭着双眼，嘴巴却在不停蠕动，竟似在等待食物一般。整张人脸有孩童的拳头一般大小，长在司马姗姗的手臂上，看上去既诡异又恐怖。

司马姗姗看着我，慢慢问道："你知道这是什么吗？"

我脑子飞速运转——我舅舅是上海的名医，我自幼被母亲送到上海，曾经跟舅舅待过一段时间。那一段时间只要舅舅闲暇无事，就让我看各种医书，我翻看之际，遇到不认识的字，舅舅就会一个字一个字地教我。

在上海的两年时间，舅舅传了我很多医术，我也看了很多很多的医书。这玉臂上的人脸我在医书上曾经看过。

我想了十几秒，一个名字蓦地闯入脑海。我有些紧张："这是人面疮。"

司马姗姗听到我这么说，脸上的神情立时一松，随后盯着我："看来那个人让我找你，还真是找对了。"

我更加奇怪："什么人让你找我？你能不能把事情的来龙去脉细细说一下，你这弄得我越来越糊涂。"

司马姗姗点点头："好。"随后沉默了几秒，这才将这几天发生在她身上的事情一一对我说了。原来这司马姗姗是北京人，在一家网络公司上班。每天坐地铁上下班，前几天上了五号线，车里人多，司马姗姗就一只手抓住车厢里面的吊环，一只手翻看手机。地铁到站的时候，司马姗姗就觉得身后有一个人向她挤了过来。她被那个人挤到一旁，跟着就觉得自己的胳膊被那个人摸了一下。

司马姗姗一怔，抬眼向那个人望了过去，只见那个人是一个十五六岁瘦瘦高高的男孩子。

男孩子眉清目秀，看到司马姗姗望向他，随即回以一笑，口中却并未说对不起。

司马姗姗心中升起的一丝怒气被眼前男孩子的笑容融化，立时化为乌有。只是皱了皱眉，对那眉清目秀的男孩子道："小心点。"

谁知道那个男孩子居然低声道："你要死了。"

面对着这么一句莫名其妙的诅咒，司马姗姗怔了一下之后立即叱喝："怎么说话呢？"

男孩子眼睛里露出一抹诡异的笑容，快步走出地铁，进入人流，很快消失得无影无踪。

司马姗姗嘀咕："现在的男孩子越来越没有礼貌了。"下车到了公司，她一如既往地工作。晚上拖着疲惫的身体回到住处，躺在床上，司马姗姗这才感觉自己的右臂似乎有些不大对劲。她抬起手臂看了看，只见自己手臂上被那男孩子碰过的地方，稍稍有些发红发痒，其他的倒没有什么异状，心里面这才放松。谁知道第二天一早起来，司马姗姗却看到自己的手臂上多了一张人脸。那人脸五官俱全，一下子将司马姗姗吓得不轻。

她急忙请了假，去了医院，医院大夫诊断说是人面疮，一时半会儿治不好，需要住院治疗。

司马姗姗心里乱糟糟的。人在京城，一个人孤零零的，父母都不在身边，爷爷还要过些日子才来。一时半会儿，想要找个商量的人都没有。回去的路上，她经过一条地下通道。冷清清的地下通道里面，一南一北，北面站着一个卖唱的年轻歌手，南面坐着一个邋里邋遢、满脸胡子看不出年纪的男子。

司马姗姗走过那个邋遢男子身边的时候，那个邋遢男子居然抬起头来，眯起眼睛，看着司马姗姗，口中缓缓道："人面不知何处去，桃花依旧笑春风，人面疮，人面疮，三天不治必定亡——"

司马姗姗听这个邋遢男子口中说得不伦不类，本来正要快步走过，谁知道邋遢男子后半句提到"人面疮"，司马姗姗立时一震——自从得了这人面疮以来，她便一直穿长袖衣服，谁知道那邋遢男子竟然只看了自己一眼，隔着衣服也知道她得了那可怕的人面疮……

这个邋遢男子是什么人？司马姗姗不由自主地停下脚步，在邋遢男子身上打量了几眼。邋遢男子脸上胡子将大半个脸都遮住，看不出年纪，但是一双眼却炯炯有神。

邋遢男子看着司马姗姗，慢慢道："姑娘，你去天津找一个人，只有这个人能够救你，也只有这个人能够治得好这人面疮……"

说到这里，司马姗姗便即停住，静静地看着我。

我一呆，心道："说了半天，原来是一个乞丐胡说八道，这个傻姑娘还就信了。只是那个乞丐是谁？肯定是认识自己的人。"

我脑海里面一阵搜索，想了半天还是没有想出来，我认识的人里面有谁跟我过不去，故意逗这个姑娘？

我皱眉："你就这样找我来了？"

司马姗姗点点头，只见她抿了抿嘴唇，感觉有些紧张："我觉得那个邋遢男人说话不像是骗我。"

我看着司马姗姗，苦笑道："可是我又不是大夫，又不开药铺，我就是一个卖古董的，我有什么办法能够帮你治疗人面疮？姑娘你可醒醒吧，那个人就是一个骗子，胡说八道的。"

司马姗姗还是满脸执着："不是的，那个人说你只要按照他说的办法，就可以将我身上的人面疮治好。"

我一怔，奇道："什么办法？"

司马姗姗迟疑了一下，这才告诉我，那个邋遢男子跟她说的办法。

我听完司马姗姗的话，差点吐了出来，脊背冒出冷汗，又是恶心，又是恐惧——差一点就骂了出来……

原来司马姗姗告诉我，那个邋遢男子说的办法是，让她手臂上的那个人面疮咬我一口，然后她身上的人面疮就会自然而愈。这个我哪里肯？我急忙摇头。

司马姗姗央求道："王大哥，求求你了，好不好？你就让它咬一口——没关系的。"

我向后退了一步，连连摆手："你别说了，我可不是你王大哥，你身上那个东西，看上去就恶心，我是万万不会碰的。"

司马姗姗被我拒绝之后，满脸失望，怔怔地望着我："你真的不能帮我？"

我摇摇头，告诉司马姗姗："这个人面疮我根本解不了，只有那个给你下毒的人才能解毒，这个就叫解铃还须系铃人。你去找那个给你下毒的人吧。"

司马姗姗脸上神色一暗，慢慢站起身来，惨然一笑，对我道："谢谢你啦，既然连你都治不了我这个病，那我只能听天由命了。"说罢，司马姗姗向我深深鞠了一躬，转身走出古董店。

我坐在古董店里面那一把三百年的古藤木椅子上，眼睛从大门望了出去。看到司马姗姗落寞的身影，在长街之上，一点一点远去，心里忽然有些后悔。

我总感觉就这样任由一个找我的姑娘如此离去，是不是有些残忍？

我爷爷曾经告诉过我，救人一命胜造七级浮屠。我们王家历经数百年，一直都济世救人。如今眼看着这样一个好端端的姑娘，就在我眼前，被那人面疮夺走性命？

这个我实在是做不到。我想了想，起身冲了出去。此时的司马姗姗已经走出去了百来米。我三步并作两步追了过去，赶到司马姗姗身前，拦住司马姗姗。

司马姗姗一呆，看着我喃喃道："王大哥，你有事吗？"

我叹了口气："你那个人面疮，我还是想办法给你除掉吧。"

司马姗姗大喜，激动得声音都颤抖了起来："王大哥，你有办法？"

我点点头，告诉她，那个人面疮并不是地铁里面那个小伙子给她鼓捣出来的，而是她的住所一定有什么问题。

人面疮乃是一种寄生胎，长在人的身上。寄生胎又称为胎内胎，或者包入性寄生胎，是指一完整胎体的某部分寄生于另一具或几具不完整的胎体，在临床上其实十分罕见。寄生胎又分为真假两种，此刻司马姗姗身上的就是假的寄生胎。说白了，司马姗姗身上的寄生胎就是一种酷似寄生胎的病毒，乃是由风、寒、湿三气凝合所化。

司马姗姗的住处一定有这个风、寒、湿三毒的源头，只要找到这个源头，将那源头斩草除根，司马姗姗胳膊上的这个假寄生胎也就会慢慢自行脱落了。

至于那个地铁里的小伙子，在司马姗姗身上触碰的那一下，只是一个引子，将本来集聚在司马姗姗体内的风、寒、湿三毒引了出来。

司马姗姗听完我说的话，脸上神情这才一松，对我道："原来是这样，那王大哥麻烦你跟我走一趟。"

我点点头。事已至此，我自然责无旁贷。

我跟着司马姗姗一路坐动车到了京城。出了动车站，叫了一辆的士，司机载着我和司马姗姗一路来到京城二环里面一座古色古香的四合院门口。给了车钱之后，司马姗姗带着我走了进去。

甫一进门，我便看到迎面一个照壁。照壁是中国传统建筑特有的部分，明朝时候特别流行，又叫影壁，或者屏风墙。古时候讲究导气一说。四合院自成一体，形成一个小小世界。这个气却不能直冲厅堂或者卧室，要不然的话，对这四合院的主人有诸般影响。照壁可位于大门内，也可位于大门外，前者称为内照壁，后者称为外照壁。照壁形状有一字形、八字形等，通常是由青砖砌成，由座、身、顶三部分组成，座有须弥座，也有没有座的照壁。照壁上面每每刻绘图案，有的是松鹤延年、喜鹊登枝等吉祥的图案，而司马姗姗带我进来的这一座四合院里，迎面映入我眼帘的这一面照壁上，却是绘制了一幅钟馗的图案。

第二章

北斗七星

我心里一动，我看过的照壁不下百十座，但我还是第一次看到绘制钟馗的照壁。照壁上，这个钟馗几乎和人等高，他一身黑衣，豹头环眼，铁面虬髯，照壁上的漆料已然有些斑驳，但一眼望去，这钟馗还是极具威势的。

我心里暗暗琢磨，这钟馗乃是道教里面斩五毒的天师，司马家将这么一尊门神绘制在照壁之上，到底有何用意？

我心中疑惑，跟着司马姗姗慢慢走了进去。天井之中，靠着东南角，摆放着一只硕大的铜缸，铜缸里面一只娃娃鱼在不停地来回游动。这铜缸摆放的位置，我一眼看到之后，心里突然间一阵剧烈跳动。

我心里暗暗惊呼："不好，莫不是中了圈套？"

我急忙向司马姗姗望了过去，只见司马姗姗一张脸平静如常，看不出任何波动。我的心还是有些七上八下——难道是我的错觉？

再看那铜缸摆放的位置，我再次坚定了自己的想法——这个司马姗姗一定不简单。因为这个院子根本不是给活人住的，这是一间冥宅。

所谓冥宅，就是给死人住的地方。举凡放置死人的地方，其实都可以称呼为冥宅，例如骨灰堂。只不过这四合院如此之大，而且又是在京城的二环里面，价值还不上亿？这上亿的一座豪宅，专门放置一个死人的棺椁或者骨灰，岂不是有点暴殄天物？我心里更加疑惑起来，不太明白，这一座冥宅里面，供奉的那个死人到底是个什么人物？

我慢慢走到天井的一侧，距离那装有娃娃鱼的铜缸足足有七八米远，抬起头来，看向正屋。此刻，司马姗姗已经走到正屋门口。回头看到我站在原地不动，司马姗姗的脸上掠过一丝疑惑，随后向我招了招手：“王大哥，这里就是我住的地方——”

我犹豫了一下，但还是决定过去——既来之，则安之。我王家好几世都是给人堪舆，难道来到这里，就举步不前？这正屋的主人给我摆了这么一道阵法，我就怕了？

我王看山可从来不知道怕这个字怎么写。我用脚在地上用力蹭了两下，地上的青苔被我蹭出了一个山尖的形状。

做完这一切，我这才迈步走了过去。来到正屋门口，司马姗姗正目光闪动地看着我，见我过来，这才推开屋门，对我道：“我爷爷在屋子里等你。”

我心里暗道：“这一次你不掩饰了？”司马姗姗的这一句话，验证了我心里的猜测——眼前这个眼眸如星河的女子，就是为了将我引到这四合院里面来。而她身上的那个人面疮，其实就是一个钩子。

我就是一条鱼，一条看见姑娘就心软的鱼，被这司马姗姗钓上了钩。

进到正屋之中，抬眼望去，只见这正屋里面，和寻常电视剧里那些四合院摆放的家具略有不同。正屋之中，两侧各自摆放着三把红木椅子。这些椅子一眼望去便可以看出年代久远。北面居中摆放着一把太师椅。此刻太师椅上坐着一个童颜鹤发、身穿一身黑衣的老者。老者眼睛狭长，半眯着，给人一种昏昏欲睡的感觉。但是那老者眼神之中偶尔闪过的光芒，却是寒意逼人。

我在看到那老者的一瞬间，心头立时一震。似乎那老者能够洞烛人心，我在老者面前，宛如透明的一般。

我立时有些不大自在起来。黑衣老者打量了我几眼，这才缓缓道："来了就坐吧。"

这个声音竟似不容人反抗。我想了想，觉得还是先坐下来比较好。心底再次默念——既来之，则安之，听听老者说些什么。

黑衣老者忽然开口问了我一个奇怪的问题："你姓什么？"

我心里有些纳闷，司马姗姗不是早就打听好了？要不然怎么会直接找到我？

我小心翼翼地回答："我姓王。"

黑衣老者慢慢道："你不姓王，你其实姓欧阳。"

我心里立时翻江倒海地折腾起来。这个人为什么说我姓欧阳？我有些不知所措。

只听黑衣老者继续道："你是阳派古建筑学的传人，你刚才站在门口，看到我煞鬼位摆放的镇煞娃娃鱼，你心里有了疑忌，所以你才在生位用脚刻了一个穿山印，这穿山印便是你们欧阳家独有的破解三堂五煞的手法，我说得对不对？"

我心头剧震。这黑衣老者道出的正是我家一代代传下来的功夫。

我父亲叫王江河，在我九岁的时候，便把我带到一条小河边，告诉我："儿子，你九岁了，中国数字里面九为大，你现在九岁，我就把咱们王家的一些功夫传授给你。"

就从那一天起，我系统地学习了一些古建筑学知识。父亲告诉我，古建筑学门派渊源甚多，我们这一派叫作七绝。据说当年创派的祖师叫作木易，生于元朝末年，收了七个弟子，后来这七个弟子又各自立了门户，江湖上便管这七脉弟子叫作七绝。

有的人觉得这七脉弟子对应天上北斗七星，于是又称呼这七脉弟子为北斗七星门。时日一久，七脉弟子门下觉得这北斗七星比之七绝还是好听一些，更何况七脉弟子每一支也都是按照北斗七星命的名，也不算是名不符实。随后门中弟子纷纷以北斗七星门下弟子自称。年深日久之后，七绝的名号反而渐渐消失，取而代之的是北斗七星了。

父亲告诉我，我们这一脉在北斗七星里面，属于开阳，门中也称呼为阳派，专门研究阳宅古建筑学。

当我询问父亲北斗七星其他六脉的时候，父亲脸色一沉，低声告诉我："日后有机缘，北斗七星的人自然会来寻你，我现在告诉你，反而对你不太好。"

我有些纳闷——只是告诉我其他六脉的名字，又有什么不好的呢？

父亲沉吟不语，眼神颇为复杂。我那个时候隐隐觉得，莫不是北斗七星其他六脉遇到之后，会给别人带来无穷无尽的祸患？

否则的话，当年我的父亲为什么避而不谈？

第三章
前尘往事

我抬起头，看向那黑衣老者，心中来回盘旋的只有一个念头："这个黑衣老者，到底是什么人？"

所幸这个疑惑，很快就有了答案。

黑衣老者道："你们欧阳家是七绝里面的阳派，属开阳，而我们则是七绝里面的阴派，也就是北斗七星里面的玉衡。玉性阴，所以古时候的帝王往往口含美玉，防止尸身腐烂。我们阴派古建筑学也就是以观阴宅为主，和你们阳派正好一阴一阳，相辅相成。"

顿了一顿，黑衣老者继续道："咱们天一一脉，不光给人看阴阳宅，而且还替人看相算命。"

我心中一动，不知道眼前这个神秘人物跟我讲这些有什么用意。黑衣老者讲了一个故事，这个故事曲折离奇。原来这黑衣老者四十来岁的时候去西安闯荡，当时西安有几位同道中人，听说黑衣老者到了他们这里，要给黑衣老者一个下马威，于是就专门在西安的谪仙楼摆了一桌，请黑衣老者于午时三刻赴宴。古时候，犯人作奸犯科，犯了大罪，一般都是在午时三刻斩首示众。

西安古建筑学同道，定了这么一个时刻，自然是有仗势欺人的意思。

言下之意，你来到我们西安，是龙要盘着，是虎要趴着，否则的话，就让你人头落地。黑衣老者人到中年，毫不畏惧，单枪匹马就去了谪仙楼。那谪仙楼名字虽然颇有气势，但是也不过就是一个小小的二层酒楼而已。整个谪仙楼建在十字街的一侧，门前车水马龙、人来人往。

黑衣老者到了谪仙楼门前之后，便感到一丝异样。因为这谪仙楼正对着街心，对面是一家百货公司。百货公司的一角则正对着谪仙楼。街心望月，十字相冲，这个是古建筑学里面的大忌——尖刀煞。

黑衣老者心中一动，不知道这座谪仙楼为什么建在这个不吉的地方？当下并没有立刻进去，而是在这谪仙楼的门口来来回回转了两遭，这才发现了这谪仙楼建在这里的那个奥秘。

黑衣老者暗暗佩服，随即迈步走了上去。来到二楼，抬眼望去，谪仙楼上面已经坐了四个人。三个花白胡须的老者，旁边还有一个二十来岁的年轻男子。那个年轻男子坐在桌子的一侧，渊渟岳峙，看上去很有气势。

年轻男子坐在桌子上首，似乎是那三个老者请来的贵宾。黑衣老者打量了他们两眼。三个老者居中的那一位微微一笑，站了起来，然后拱手道："这位一定是司马先生了，失敬失敬。在下张一帆。"

黑衣老者心里一怔，这个张一帆可是鼎鼎大名，据说是陕西青乌一脉的领军人物。

黑衣老者看到那张一帆如此客气，自然也不能太过倨傲，随即也是抱拳示意。

那张一帆逐一介绍："这位是王天宇王先生，旁边这位是王先生的兄弟王天宙，这二位算是咱们西京最厉害的青鸟传人了。"

黑衣老者心里一动，这王天宇、王天宙兄弟俩他倒是也听说过，这二人是陕西杨派古建筑学的传人。陕西杨派古建筑学也是昔年杨云松的后人。杨派古建筑学讲究的是"龙、砂、水、穴、向"五字，所谓觅龙、查砂、观水、点穴、立向就是如此。他们将那山川形胜之地，山势起伏之所称为龙脉。所谓觅龙，就是寻找名山大川里面的龙脉。

龙脉还分为真龙假龙。真龙便是那远远望去，宛如龙形山脉，且山脉下面灵气氤氲之所；假龙便是整座山形虽为龙形，但山头光秃，地下水源枯竭，不着一草一木，宛如荒山野岭的那一种。这种假龙没有任何价值。

这王氏兄弟最厉害的功夫据说就是觅龙。黑衣老者微微一笑，向着王天宇、王天宙分别点了点头："失敬失敬。"

王天宇哈哈一笑："司马先生来到俺们这里，是俺们天大的福气，俺们高兴得很哩！司马先生一定要在这里多住些日子，俺们兄弟好多请教请教。"

王天宙嘿嘿一笑，一抱拳："俺哥这句话说到俺的心里了，俺也一样。"

黑衣老者笑道："二位客气啦，咱们都是青鸟传人，大家一起切磋学习。"

张一帆随后介绍那个二十来岁的青年男子："这位是王江河小兄弟。"

我听到这里，心头一阵剧烈跳动："王江河是我父亲——他居然和精通青乌之术的'陕军'大有关系——这是怎么回事？"

原来我父亲传授我本门阳派功夫的时候，曾经也给我讲过神州大地上的一些古建筑学派别。

其中就跟我说了陕军大为厉害，陕军古建筑学讲究的是以术破道。陕军里面厉害的是一个叫火孩的人，这个张一帆倒是没有听我父亲提起过。我长大以后，还曾经无意之中提过一嘴，询问我父亲跟陕军有没有切磋交流一下。父亲摇了摇头，随后岔开话题，我见父亲对这个话题讳莫如深，也就没有再细问下去。

我更加仔细地听了下去。

只见那个黑衣老者顿了一下，目光直视我，缓缓道："我那个时候还不知道你父亲是咱们北斗七星的人，只是从你父亲的行为举止上约略猜出你父亲一定大有来头。只是那个时候，我还是想不通，你父亲年纪不大，为什么会有那么强烈的气场。普通人再如何装，也装不出来，那种气场可是需要有几十年的功力才能够在身上显现出来。"

黑衣老者继续讲述——

张一帆也是人精，笑道："这位小兄弟年纪虽然不大，但是本事可不小。这一座谪仙楼是几个月前在这里建造的，当初选址的时候，老板请了几位西京的同行来到这里，看这个谪仙楼的位置到底好不好，那几位同行都是极力反对。这位小兄弟当时路过这里，看到大家争论这才进来，只看了一眼，就开口告诉老板，这个位置好得不得了，在这里开酒楼，保准财源滚滚。"

说到这里，张一帆再次停了下来，一双眼睛眯了起来，看着黑衣老者，不怀好意地问道："司马先生，你知道这位小兄弟为什么这么说吗？"

黑衣老者心里一沉，这二位是想现在就考较一下？当初读《水浒》的时候，林冲被发配到沧州，沧州管营的一见面就要给林冲三百杀威棒。难道上到这谪仙楼，这张一帆要立刻给我一个下马威？

黑衣老者抬起头，看向坐在一侧的王江河，只见王江河两只炯炯有神的眼睛此刻正静静地注视着众人。

黑衣老者知道，王江河一定也想看看他能不能猜出来——黑衣老者知道陕军的这几位一定是要他的好看。

这就像是一场比赛，比赛的结果关系到几年后中华古建筑学协会会长的任命。黑衣老者这一次来，也跟几年后的中华古建筑学协会有很大的关系。这一场比赛只能赢，不能输。

黑衣老者告诉他们，这谪仙楼不知道是谁第一个选的址，这个位置的确好。谪仙楼所处的位置，街心望月，十字相冲，本来是青乌里面的大忌——尖刀煞，但是十字街下面数十米却因为一条暗河的出现，将这古建筑学大忌变成了青乌里面的大吉之兆。

这地下暗河通道九曲盘旋，由西往东，来到这谪仙楼之后，下面又拐了一个弯，这才向东而去，这个就是有名的"滚龙水"。

黑衣老者说完这一切停了下来，再次抬头，看着对面的四个人。那张一帆脸上露出赞赏之意，口中缓缓道："司马先生真是火眼金睛啊，这埋在地下几十米的滚龙水都能被司马先生一眼看出来，佩服佩服。"

王天宇、王天宙兄弟二人相互对望一眼，王天宇这才点头道："司马先生好眼力。"

王天宙脸上露出一丝惭愧之意，摇了摇头："司马先生，实不相瞒，其实当日俺就在这一众鉴定的人群之中，那一次俺也是走了眼。

不过，司马先生，你是怎么看出来这个是'滚龙水'的？"

黑衣老者告诉他们，这座谪仙楼门前不是有一座立柱吗？他刚才在门口就看到了，那一根立柱并不是谪仙楼建造之后才立起来的，一定是在之前就有了那根立柱。

那根立柱上隐隐约约还有一些印迹。只不过那印迹年深日久，已然剥落得差不多了，剩下的部分图案也几乎看不出来。

要不是他以前在另外一个地方看到过这么一根镇龙柱，心中有了印象，他也看不出来地底下有一条暗河。那镇龙柱上的印迹其实是一幅画，绘制的就是这地下的暗河。

黑衣老者说完这一句话，一直冷静的王江河终于有些动容。

王天宇看了看黑衣老者，又看了看王江河，最后还是忍不住问道："小兄弟，你是不是看到了那一根镇龙柱，这才推出这谪仙楼的气运？"

王天宇这一句话说完，王天宙和张一帆二人的目光也都齐刷刷看向王江河。

王江河在众人的注视之下，慢慢点了点头。王天宙松了一口气，脸上露出释然的表情。

黑衣老者知道这王天宙心中一定是在想，自己当日推算不出这谪仙楼的气运，是由于没有多加观察，并不是技不如人。

黑衣老者心里暗暗冷笑，就凭这个推想，这王氏兄弟的古建筑研究造诣就止步于此了。

故步自封是这个行业的大忌！

那一日的考较这便算是有了一个结果。

谪仙楼上，王氏兄弟和张一帆对黑衣老者刮目相看，态度也变得恭谨了起来。不再如刚才，恭敬里面隐含着一丝倨傲和不屑。

而黑衣老者的注意力却全都集中在王江河身上。那一日散席之后，王氏兄弟邀请黑衣老者去二人府上小住，黑衣老者婉言谢绝了。

黑衣老者这一次来陕西，另外一个原因就是听说西京这里有北斗七星的人，他来这里就是看看能不能找到。

自从在那谪仙楼上见了王江河一面，黑衣老者心中就有个感觉，王江河跟北斗七星大有关联。

黑衣老者暗地里打听，最后从张一帆那里得知王江河来自鲁南一个叫十方的小镇。两个月后，黑衣老者回到京城，越想越不对劲，于是就坐上火车去了鲁南的十方。到了那个小镇，他一路打听到了王江河住的那条街，一番询问之下，他才知道这个地方还真的有王江河这个人，只不过叫王江河的这个人，早在三年前就死了。

说完这一番话，黑衣老者再次目光炯炯地望着我。

我的心猛地一沉，按照眼前这个黑衣老者所说，那个跟他在谪仙楼上喝酒的又是谁？

最可怕的是，那个在我九岁传授我阳派古建筑学的自然也不是我真正的父亲了。我心中越想越怕，自己居然在不知不觉之中，仿佛进了一个局……

我心中寒气越来越盛，眼前这个黑衣老者居然跟我父亲有这样的渊源，而且他还去我父亲的老家调查过，知道我父亲已死，那么他现在找我是为了什么？他又是怎么找到我的？

我心中疑云重重。我看着黑衣老者，终于还是忍不住问了出来："你怎么知道我是王江河的儿子，你又怎么知道我在天津？"

毕竟相隔了二十年，黑衣老者如何找到我的确是个难题，毕竟他知道王江河早死了。

黑衣老者眼神之中露出一丝笑意："确切地说，你是欧阳江河的儿子——你应该叫欧阳看山。"

我皱了皱眉，心里暗想，要我突然接受一个复姓，我还真的一时半会儿适应不了。

我告诉黑衣老者："你还是叫我王看山吧。"

黑衣老者眼睛里面露出一抹赞赏："好，小子不忘本，不枉我找你来这一趟。"

我心里暗道："你还是赶紧说正事。"

这个黑衣老者似乎看出了我的心事，继续说道："实不相瞒，我找到你也是机缘巧合，这里面的机缘现在还不能告诉你，我能跟你说的只有一个——你的亲生父亲没有死。你走吧。"

我心里"咯噔"一下："这个老头是什么意思？难道让他孙女哄骗我来到这里，就为了跟我讲这么一段故事？"

黑衣老者对司马姗姗道："姗姗，替我送客。"

我见黑衣老者说完这一句话，低眉敛目，竟似我这个人从来没来过这里一样，这种遭人轻视的感觉让我心里一股火腾地一下升了起来。

我起身，向外面走去，耳中听到司马姗姗的声音："王大哥，我送你出去。"

我心里有气，没有理睬司马姗姗，而是径直走了出去。来到天井之中，眼睛一瞥之际，便看到天井一侧耳房的窗台下面，居然长着一株苍耳。那一株苍耳上面结满了苍耳子。我心中一动，再凝目四看，这天井里面，居然是杂草丛生，竟似好久没人修缮一样。我刚刚进门的时候，猛然间看到那铜缸和娃娃鱼，就没有注意到这院子居然长了这么多野草。难道这司马姗姗祖孙俩为了见我，特意租了这么一套长久无人居住的冥宅？那苍耳子显然也不是几天前才有的，倒像是长了很久很久。

可是这一切难道真的是巧合？我停住脚步，等司马姗姗走到我身旁，这才侧头看向她。司马姗姗也回望我，眼神闪烁不定，似乎也在琢磨我心里的想法。

我想了想，还是将心里的疑惑压了下去，告诉司马姗姗："司马姑娘，要想去除你身上的人面疮，用这个苍耳子就可以了。"

司马姗姗一怔，看了看耳房窗台下面的苍耳子，奇道："这个就可以？"

我点点头："《神农本草经》记载，苍耳子，主治风头寒痛，风湿周痹，四肢拘挛痛，恶肉死肌，膝痛，久服益气。你身上的人面疮就属于恶肉的一种。你将这苍耳子摘下，清理干净，研成粉末，和辛夷、白芷一起和水服下，数日之后，它便会自己脱落。"

司马姗姗听完我这一番话，脸上立时兴奋起来，口中连声道谢。我随即点点头，说了声不客气，转身离去。那个不知其名的司马先生留给我的那个谜题，只能日后再说了。

第四章

如假包换

回到天津我的古董店，我洗了把脸。冷水一激，我的思绪慢慢平静下来，我知道事情不可能那么简单。那个神秘的司马先生一定还会来找我，毕竟当年司马先生苦苦寻找我的父亲，自然是有相当隐秘的理由。这二十年中，司马先生一定是另有线索，这才跟我说我的亲生父亲其实并没有死。

这到底是怎么一回事？我父亲本来就没有死。司马先生二十年前遇到的那个人也许并不是我的父亲。我想了一会儿，觉得脑袋有些大。我决定先给我父亲打一个电话，也许从他那里可以找出一些线索。只是从我十八岁以后，我母亲去世，我父亲便将这一家古董店交到我的手中，继而云游四海去了，我能跟他联系的只有一个电话号码。

我拨打了那个号码，却是一个空号。我心里一阵慌乱，难道父亲出了什么事情？我定了定神，想到这么多年，父亲也是出现过好几次这样的情形。都是时隔很久，才又重新换了个电话号码给我拨打过来。念及此，我的心又慢慢安稳下来。

我感觉自己还是要沉住气，毕竟我是北斗七星的人。我父亲经常告诉我，北斗七星门下，要记住一句话——安稳不动如大地，静虑深密如秘藏。这两句话是《地藏十轮经》里面的，地藏王菩萨更以此闻名于世。我知道父亲的意思是要我沉着冷静，不能因为一点小事就风吹草动。要像地藏王菩萨那样，遇到什么事情都能够安稳不动，犹如大地，更是不能什么话都对别人说，逢人只说三分话。

我决定还是要等一下那个司马先生。那个司马先生不会只跟我说那么一番话之后，便就此打住。可是没想到，过了一个月，那个司马先生和司马姗姗都没有露面。这两个人仿佛从没有在我的世界里面出现过一样。

我心里纳闷儿，于是在一个周末，独自一个人去了京城，然后按照记忆里面的那个地址一路寻了过去。谁知道，那一间价值上亿的四合院已经被卖了出去。我心中暗暗惊奇，不知道是谁这么大手笔，居然将这个四合院买走，可是买的人难道不知道这是一座冥宅？

我特意询问了一下，这一所大宅子上一家的主人是不是复姓司马，结果答案居然不是。那个人告诉我，上一家姓马，是一位搞网络的大佬。我更加奇怪，顺着门口望了过去，只见天井之中，那一只装着娃娃鱼的大铜缸依旧还在这里，只是感觉这一段时间，被人拾掇了一下，愈发光亮起来。而院子里面的那些杂草，包括那一株苍耳全都被清理得影踪不见。

我心中琢磨，那苍耳年深日久，入药之后正好发挥效力，说不定就是被那个司马姗姗连根拔走。

我遍寻无果，于是又坐动车回了天津。一路上我又尝试给我父亲打电话，电话那端还是提示为空号。我心中有些失望，放下手机，坐车回到天津，出了车站，打了一辆车，来到我住的那条街的巷道口，慢慢向古董店走过去。还未及走到古董店，我就收到一通电话。

　　电话里面是一个女子的声音。女子的声音透着焦急："王大哥，你别回家，你来滨江道的地铁站 A 口，我等你。"

　　说完这一句话，这个女子立时将电话挂断。我心中一震，原来这个女子正是阔别一月之久的司马姗姗。她怎么知道我要回家？

　　带着疑惑，我打车到了滨江道。距离地铁站 A 口不远，远远地我就看到司马姗姗站在过街天桥的一端，满脸焦急。看到我后，司马姗姗立时快步走了过来。她走到我身前，一把拉住我的手，低声道："跟我来。"

　　我感到有些莫名其妙，心中暗想："光天化日之下，难道还有人敢对你图谋不轨吗？"但这个女人有些神秘，我没有说话，而是跟在她身后，一路向南而去。

　　来到一条狭窄的巷子里面，找了一家包子铺，司马姗姗松开我的手，回头看了看四周，这才招呼我跟着她走了进去。进到这包子铺里面，我们找了一个靠窗的位置坐了下来。

　　司马姗姗要了两屉包子，随后抬头看着我，沉声道："先吃包子，回头我告诉你所有的一切。"她顿了一顿，继续道："你想知道的一切。"

　　我想知道的一切？我总感觉这个司马姗姗不太可能告诉我心中的一切疑惑。我思索了一下，还是决定既来之、则安之，先吃包子再说。天津卫狗不理包子名闻天下，司马姗姗带我来的这一家包子铺叫二姑包子，虽然不太出名，但吃到口中一样是满嘴流油。我作为一个天津人，自然是当仁不让。

两屉包子我吃了一屉半。司马姗姗才吃了一个，就坐到那里，笑吟吟地看着我吃包子。我笑道："你不吃了？"司马姗姗摇摇头，笑道："我饱了。"

我心里暗道，女人的饭量总是跟她的身材成正比。饭量越小，身材越好。

我将剩下的半屉包子风卷残云一般吃进肚子，拿起一张餐巾纸擦了擦嘴，然后对司马姗姗正色道："你爷爷是不是司马奕？"

司马姗姗目光闪动："你既然都知道了，就不用我费劲介绍了。"

我从那天回来之后，便已经在网上查找了很多资料。这二三十年之中复姓司马的古建筑学名家只有一个，也就是现今中华古建筑学协会的会长司马奕。只是司马奕这个人神龙见首不见尾，传说是非常倨傲的一个人，轻易不和外面人接触，不知道为什么居然费尽周折地让她孙女找到了我，然后约我去京城见面。更让我心中不安的是，那一间冥宅之中居然有一株苍耳子，那么司马姗姗身上的那个人面疮不用说，自然是她爷爷亲手种下的，就是不知道眼前这个姑娘知不知道这件事情。知道就是合谋欺骗我，不知道便是被她爷爷利用了。

我沉吟了一下，这才缓缓道："你胳膊上的人面疮治好了吗？"

司马姗姗眼睛露出一丝温柔，笑吟吟道："多谢你啦，王大哥，我身上的人面疮已经好了。从那天送你走了以后，我爷爷就将那一株苍耳砍了，将上面的苍耳子摘了下来，研磨成粉给我服下。我身上的人面疮不到一个月就自动脱落了。"

司马姗姗继续道："我这一次来，是爷爷让我给你看一样东西。"

我狐疑道："又给我看什么东西？"

司马姗姗从包里小心翼翼地拿出一个东西，放在桌子上，我凝神一看，居然是一个拓片。这拓片年深日久，边缘已经出现一点点残破。拓片上分别拓印着两行八个字，右侧是二三四五，左侧则是六七八九。这八个字都是用草书所写，看那笔迹粗豪肆意，显然是男子所写。我心中奇怪，不知道司马奕让司马姗姗给我看这个拓片是什么意思。

司马姗姗告诉我，这个拓片是他爷爷从鲁南十方小镇——我父亲王江河的两根门廊柱子上拓印下来的。当时拓印的时候，还费了一番周折。

我父亲的那所房子已经易主，司马奕不好贸然上门，于是就在一个晚上，用了一些手段，偷偷溜了进去，趁着房主一家都被迷药迷倒的时候，将那门廊柱子上的两行字拓印了下来。这两行字乃是阴刻在那门廊柱子上的，用的是红漆。

那两根柱子若不仔细查看，根本就发觉不了这柱上有字。司马奕知道这八个字大有文章，这才煞费苦心地将这两行字拓印下来，以备日后研究。

司马姗姗讲完这一番话，看着我道："你看看这八个字是不是你父亲刻在那门廊柱子上的？"

我凝神观看，脑子里回忆父亲写的一些书信，然后摇了摇头："这不是我父亲写的。"

司马姗姗脸上露出疑惑。

我沉声道："我父亲写的字极为工整，你看这八个字歪歪扭扭，写得太难看了。"

司马姗姗目光闪动，缓缓道："这么看来，只有一种可能。"

我一头雾水："什么可能？"

司马姗姗看着我说："我的意思是我爷爷在谪仙楼遇到的那个人，极有可能是冒名顶替你父亲的。"

我松了一口气。如果是这样，那么一直将我抚养长大并传授我功夫的就是我真正的父亲了。

爹没有认错，比什么都强。

我父亲要是个西贝货，那么我可就管一个假货叫了二十年的爹了，想着我就觉得尴尬。

司马姗姗继续道："既然这个人是假的，那么他冒充你父亲又是什么企图？还有那门廊柱子上留下这八个字又是什么意思？"问完这一番话，司马姗姗望着我，似乎在等着我给她一个满意的答案。

我看着那个拓片上的字迹，心中喃喃念诵："二三四五，六七八九，什么意思？"

突然间，我心中猛地一亮……

第五章
缺一门

　　我告诉司马姗姗："这个二三四五少了一个一，六七八九少了一个十，连在一起就是缺一少十。这里面好像还有个典故，据说当年扬州八怪之一的郑板桥在扬州客居，时交岁暮，偶然一个黄昏，郑板桥在街道散步的时候，看到一户穷苦人家门上贴了一副对联，左面便是四个字'二三四五'，右面四个字'六七八九'。郑板桥一看立时明白，这一户人家年关过不去了，这是说他们家缺衣少食，于是就回到客栈，取了一些衣服，又买了一些食物给那户贫苦人家送去。这副对联也就成了一段佳话，流传至今。"

　　司马姗姗眼睛露出一丝笑意，缓缓道："我当初和你的想法一样，可是我爷爷说不是这个意思。"

　　我有些糊涂："那是什么意思？"

　　司马姗姗还没有说话，突然间闭起了嘴，然后向我努了努嘴，示意我向后看。我转身向后望去，只见距离我和司马姗姗不远的一张桌子旁边，一个驼背的老头正慢慢起身，然后咳嗽了一声，一步一步向门外走去。

那驼背老头走到门口，忽然停住脚步，猛地转身，目光向我和司马姗姗望了过来。

我急忙转头，但就在这一刹那，我还是感觉到那个驼背老者的目光宛如刀锋一样在我背后掠过。良久，我才感觉到那刀锋般的寒气慢慢消失不见。

我抬起头看向司马姗姗，司马姗姗也正看着我。司马姗姗的脸上也是带着一丝惊悸。

我低声嘀咕道："这个人是怎么回事？看上去感觉那么瘆人。"

司马姗姗低声道："这个人跟刚才那八个字大有关联。"

我一呆，奇道："那有什么关联？"

司马姗姗取出纸和笔，在纸上写了两个字，然后递给我。

我接过那张纸，只见纸上写着两个字——缺一。

缺一？这是什么意思？

我脑子里面轰然一声，立时想到一件事情。我看着司马姗姗，颤声道："难道那柱子上写的八个数字，隐藏的是这个意思？"

司马姗姗缓缓点了点头。我坐在那里，心中寒意陡然间冒了出来。

二三四五……六七八九……缺一少十……缺一……缺一就是缺一门！

我到现在还记得，我九岁的时候，一个夏天的午后，我父亲在院子里的柳树下乘凉，然后跟我说起那个故事……

我父亲告诉我，江湖上有一个门派，叫作缺一门。这个门派里面的弟子无一不是身体残缺，或少了胳膊，或少了一只腿，或者眼睛失明，或者耳朵失聪。总而言之，这个门派里的弟子全都是身体残疾，所以这个门派就叫作缺一门。

缺一门行事独来独往，江湖中人都是只听到缺一门的传说，鲜少见到缺一门的门人，这也导致缺一门的门人在寻常人的眼中越来越神秘。

司马姗姗低声道："你那个冒牌父亲在柱子上写的这八个字应该就是指的缺一门。"

我皱皱眉头，不解道："既然如此，那缺一少十后面那两个字'少十'又怎么理解？"

司马姗姗低声告诉我："我爷爷当时也搞不明白这八个字的意思，回去之后研究了很久，才明白这八个字的哑谜，知道你那个冒牌父亲这是留下了一个线索，这个线索指向的就是那个神秘的缺一门。"

司马姗姗继续道："我爷爷当时也不知道缺一少十后面这两个字是什么意思，于是就秘密查探，最后居然真的被他发现了这两个字的含义。"

我一怔，道："那是什么意思？"

只听司马姗姗继续道："我爷爷间接找到缺一门的一个门人，几番套问下来，这才知道原来缺一门这一代的大弟子姓石，叫作石天行。这石天行不知道何故，和缺一门的掌门闹翻了，愤而离开，从那以后下落不明。这个缺一少十的少十，指的应该就是那个石天行。"

我迟疑了一下，心里暗暗琢磨，这个理由也太牵强了。思考了一会儿，我这才缓缓道："你的意思是说，那个人留下的这个哑谜是让人去找那个叫作石天行的缺一门弟子？"

司马姗姗点了点头。

我笑道："这个二十年前留下的哑谜，二十年后恐怕意义不大了。"

司马姗姗眼珠转动："怎么不大？我爷爷说，他套问那个缺一门弟子，得知缺一门藏着一个天大的秘密，谁若能破解了这个秘密，就会富可敌国。所以缺一门的弟子门人，一辈子干的只有两件事，苦练功夫，破解门中之秘——难道你不想发财？"

我苦笑道："我难道想发财就能发得了吗？我可不做这种梦。再说了，这个缺一门跟我也没有什么关系。如果你们爷儿俩愿意找，你们就去找吧，我就不奉陪了。"

我正要起身前去结账，司马姗姗忽然开口道："跟你没关系，跟你爹可能就有关系了。"

我一怔，立时又坐了下来，忍不住问道："跟我爹有什么关系？"

司马姗姗压低了声音，告诉我："因为你爹已经被卷进去了。"

我心中一凛："我爹被卷进去了？你开什么玩笑？我爹好端端的，怎么就被卷进去了？"

司马姗姗笑道："你打一下你爹的电话试一试？"

我猛地一下站了起来，看着司马姗姗，冷冷道："你跟踪我？"

司马姗姗一怔，奇道："我为什么要跟踪你？"

我冷笑道："你要是没跟踪我，怎么知道我给我爹打过电话？"

司马姗姗笑道："我也打过你父亲的电话，打不通。后来我问我爷爷，我爷爷说，三个月前，看到你父亲跟一个缺一门的人混在一起，所以知道你父亲还是被卷了进去。"

我心里纳闷："我父亲为什么跟缺一门的人混在一起？缺一门那个天大的秘密到底是什么？司马奕这二十年来，始终阴魂不散地查探我父亲的行踪，到底是为了什么？"

我问司马姗姗："你要我做什么？"

司马姗姗告诉我："我要你和我一起去找你父亲。"

我心底暗暗苦笑。我自己的门派北斗七星一脉还没有搞明白，现在又出了一个缺一门，真是头大。

我脑海里面转了几转，觉得事情应该没有这么简单——司马奕绝对不会因为一个素不相识的人而派出自己的孙女带着我一起寻找。

这里面一定另有关联。我看着司马姗姗，缓缓道："司马小姐，我想要知道这里面的真实理由。"

司马姗姗装起了糊涂："什么真实理由？"

我一字字道："我想要知道你爷爷为什么这么关心我们家的事情——如果你不告诉我来龙去脉，我可绝对不会跟你去——我爹我自己会去找。"

司马姗姗一双大眼静静地盯着我足足有一分钟之久，这才在嘴角露出一丝微笑："看来我爷爷说得对，你是个聪明人。"

我淡淡道："谈不上。"

门萨智商测试，我的分数值是一百四十。

司马姗姗微笑道："其实，我们家和你们家渊源很深。"司马姗姗盯着我的眼睛，缓缓道："你爷爷叫欧阳明，北斗七星里面开阳一脉的掌门人。"

我一怔——我居然有个爷爷，我怎么不知道？

司马姗姗缓缓道："你爷爷欧阳明和我爷爷司马奕号称古建筑学界的阴阳双璧，我们北斗七星一脉也因此声名鹊起，直到你爷爷偷了一尊国宝，其后被抓捕进了监狱，我们北斗七星门下随即将你爷爷除了名。”

我心中凛然，犹如被人兜头泼了一盆冷水，心底刚刚升起的那一丝骄傲也立时消失得无影无踪。

我忍不住问道：“我爷爷为什么要偷国宝？”

我心底的意思自然是替爷爷打抱不平——我爷爷既然号称古建筑学界的双璧，为什么会做出这种自损身份的事情？那又是什么国宝值得我爷爷这样敢冒天下之大不韪？

司马姗姗从随身带的背包里面取出一张发黄的报纸，递到我跟前：“这个是我爷爷当年收藏的，你看看就知道了。”

我伸手拿过那一张报纸，慢慢打开。只见报纸上头版头条刊登着这样一条新闻——反革命分子欧阳明盗取国宝九龙杯，被我公安机关当场抓获……

我心里苦涩难言——我爷爷竟然是个盗取国宝的窃贼。我慢慢放下那张发黄的报纸，涩声道：“我爷爷他，他后来怎样了？”

“他自杀了……”

这四个字猛地撞入我的心里，就好像一把巨大的榔头重重地砸到我的心上一样。

我咽了口唾沫，喃喃道：“他自杀了……”

司马姗姗点点头：“你爷爷欧阳明被抓进大牢以后，畏罪自杀，那只九龙杯也下落不明。听说你奶奶害怕受到牵连，带着你父亲连夜逃走。我爷爷和你爷爷交好，听到这个消息，心中难过，就想着将你爷爷的尸身领走下葬，谁知道公安局那边告诉我爷爷，已经将你爷爷的尸身处理了。

“我爷爷无奈之下，只有将这份遗憾埋在心里。他总想着，能够找到你爷爷的后人，然后教他一身功夫，好不让你们开阳一脉失传。

"那以后我爷爷一直找了二十年，直到二十年后的一天，我爷爷偶然听说西安有一个人长得极像你爷爷欧阳明，于是急忙赶了过去，这才在谪仙楼看到那个冒名顶替你父亲的人。

"我爷爷心中狐疑，一路追踪，赶到了鲁南十方小镇。一番查探，这才得知你父亲三年前已经死了，而那个在谪仙楼出现的一定是个冒牌货。

"我爷爷后来又亲自去了你父亲的墓地，三更半夜将你父亲的棺材挖了出来，打开一看，里面竟然是个空棺，我爷爷这才知道你父亲并没有死。

"后来我爷爷四处寻找，这一找就找了二十年，终于在前几年发现你父亲的行踪。知道你父亲改姓王，然后在这天津闹市里面开了这个古董店藏身。

"我爷爷知道你父亲开这个古董店，一来是为了维持生计，二来是为了查探当年你爷爷被人陷害的真相。"

我脑子一阵糊涂："陷害？"

司马姗姗点点头："是的，陷害，我爷爷从来就不相信你爷爷欧阳明会偷窃国宝，他一定是被人陷害的——"

我听到司马姗姗这一番话，心中突然感到了一阵放松。

我爷爷被人陷害，那么他就一定不是偷取国宝的窃贼。

司马姗姗沉声道："你父亲这几年总是在外面，神龙见首不见尾，只留你在家里看着这古董店，其实是不想你裹进这里面，因为陷害你爷爷的人，根本就不是一个人……"

我心中一凛："不是一个人？那是什么？"

司马姗姗一字字道："陷害你爷爷的是一个神秘组织——"

第六章
扫地人

我听得心脏怦怦直跳。

神秘组织？

那是什么？

还有那缺一门神秘吗？

据说缺一门乃是鲁班爷手创。

当年鲁班爷新婚不久，就被征召到当时的鲁国国都监工建造云梯，鲁班爷思念新婚妻子，便在闲暇的时候造了一只木鸢，施以法术，那只木鸢便载着鲁班爷飞回老家，和妻子相聚。

鲁班爷的妻子对这个木鸢非常好奇，有一次便趁着鲁班爷睡觉的时候，偷偷操控木鸢飞上了天。

谁知道木鸢没有操控好，鲁班爷的妻子掉下木鸢摔死，连带着还有她肚子里面未出世的胎儿。

鲁班爷伤心之下，决定将自己毕生所学的功夫写出来。鲁班爷将所有功夫尽数笔录成册，这本书就是《鲁班书》。据说《鲁班书》出世的时候，天雨血，鬼夜哭。鲁班爷拿着这一本书，发下毒誓，这本书习练之人，必将会身体残疾，一生孤独。鲁班爷为了传承下去，特意寻找那些世上先天残疾之人，修炼本门的功夫，免得那些弟子日后遭受苦难病痛，这也是缺一门的由来。只是那一本《鲁班书》除了缺一门的弟子谁都没有见过。

司马姗姗告诉我："我也不知道这个组织叫什么名字。"

我有些失望。司马姗姗安慰道："我爷爷说了，咱们只要找到你父亲，也许就能从你父亲口中得到一些线索，毕竟你父亲这些年一直和那些人周旋在一起。"

我心中凛然，想到父亲这么多年都是一个人在苦苦寻找爷爷当年被陷害的真相，心里就有些难过。我已经长大成人，自然要跟父亲同甘共苦。

我问司马姗姗："咱们去哪里找我父亲？"

司马姗姗给我分析："我爷爷说了，既然你父亲一直在调查这件事，而那个冒牌的、和你父亲长得极其相似的人也给出了这个线索，那么你爷爷遭人陷害估计就跟缺一门有些关系，咱们只要循着缺一门的线索去找，说不定就能找到你父亲。"

我思索了一会儿，感觉司马姗姗说的这一番话，好像不太精准，如果我们只凭着那个冒牌货留下来的一些哑谜就断定我爷爷的死和缺一门有关系，那未免过于武断。

更何况谁知道我父亲此时在哪里？天下之大，这样贸然去找，岂不是大海捞针？我细细思索，脑海里忽然冒出三个字，那三个字宛如黑夜里的烛火一般，燃起了一丝希望。

我兴奋道："九龙杯！"

司马姗姗满脸疑惑，奇道："什么九龙杯？"

我给她解释："我爷爷是因为偷了九龙杯被判刑，关进深牢大狱，那么那一只九龙杯呢？我前两天刚刚看到一个新闻，说是一位美国华侨陈彼得身价过亿，这一次花了上千万将一只遗落在英国的明朝九龙杯买了下来，这个月二十二号在江西省博物馆办理交接仪式，将这一只九龙杯无偿捐赠给省博物馆。我父亲既然一直在追查我爷爷被陷害的事儿，这个失而复得的九龙杯，一定会吸引我父亲前去。"

司马姗姗眼睛一亮："你说得太对了，咱们这就去订票，要不然来不及了。"

我看了看手机，时间显示今天是十九号，距离二十二号还有三天，时间刚刚好。二十二号的早晨，下了飞机，出租车一路将我们送到了江西省博物馆。下了车，看着省博物馆的金字牌匾，我们心中起伏不定。一想到明天也许就能看到那一尊引起这场风波的九龙杯，我心里就有些感慨。毕竟是那一只九龙杯让我爷爷锒铛入狱，最终导致我爷爷自杀身亡。

司马姗姗看我脸上神情有些落寞，于是对我道："走吧，王大哥，听说那滕王阁就在附近，咱们正好去看看。"

我不忍扫她的兴，知道她也是为了排遣我心里的郁闷，于是点点头。

我和司马姗姗一路沿着新洲路、抚河北路、叠山路来到仿古街，再沿着仿古街一路走到滕王阁前。

仿古街上人来人往，滕王阁前更是行人如织。我和司马姗姗拾级而上，最初映入眼帘的是一座满是古韵的青铜宝鼎。鼎上铜绿斑斑，一眼望去，古色古香。再往前走，三层回廊加上碧色琉璃瓦，更加显得这滕王阁与众不同。

继续前行，便看到朱红色搭配松枝绿的阁楼外层。沿着台阶一路走入滕王阁，眼前立时一亮。只见滕王阁里面，无数的名家诗篇，一幅幅悬挂在四壁之上。这其中最著名的当然就是王勃的《滕王阁序》。司马姗姗忽然开口道："王大哥，这滕王阁的滕王又是什么来历？"

我一怔，心中暗道，小姑娘这是要考考我。我王看山看了那么多的书，就是为了不能在人前露怯。

我告诉司马姗姗："这滕王乃是唐高祖李渊的第二十二个儿子李元婴。这李元婴为人骄奢淫逸，当年被李渊派到山东的滕州。这李元婴到了滕州之后，更加放纵，每日里花天酒地，更是在任上大兴土木，修建行宫。李渊这才又将他遣到江西洪州，谁知道这李元婴依旧秉性不改，在洪州又造了这么一座楼阁，这一座楼阁就是咱们今天看到的滕王阁了。"

司马姗姗悠然道："原来是这样。王大哥，你说，要不是这个李元婴穷奢极欲，也不可能给世上留下这么一座美轮美奂的滕王阁，是不是？"

我点点头，叹息道："是啊，要是没有了这滕王阁，这世上也就不会有那么一篇惊才绝艳的《滕王阁序》了，王勃的才华或许就此埋没。"

就在这时，不远处一个五十多岁男子的声音响了起来："王参军才高八斗，不会被埋没于世间的。就算没有滕王阁，一样会写乾元殿。"

我一惊，急忙抬头，只见一个身穿灰扑扑工作服的中年男子正目光灼灼地看着我。见我抬头，这个中年男子慢慢收回目光，随即缓缓转身离去，只见他手中还拿着一把扫帚。看这样子，这个中年男子像是这滕王阁里面打扫卫生的清洁工。

这中年男子走路一瘸一拐的，慢慢走远。我望着眼前这个中年男子，心中不住上下起伏。一般人很少知道王勃当过虢州参军，后世人有的为了显示尊敬，便会称呼王勃为王参军，这样称呼王勃的人显然对于王勃的生平知之甚详。那《乾元殿颂》更是王勃的一篇力作。

大唐乾封元年，王勃通过李常伯上《宸游东岳颂》一篇，紧接着便应幽素科试及第，授朝散郎，成为大唐最年少的命官。

其后，王勃才思涌泉，笔下生花，又写下一篇《乾元殿颂》，献给唐高宗。高宗一见，大喜，口中连呼："奇才！奇才！"

那《乾元殿颂》便将王勃一举推上初唐四杰的宝座。只是这《乾元殿颂》少有人知，这滕王阁扫地的清洁工又如何知道？莫非眼前这个有些残疾的清洁工居然是一位世外高人？

我心里有些嘀咕起来。司马姗姗低声道："这个人有些奇怪。"

我心道，岂止奇怪？这个清洁工说不定就是《天龙八部》里面扫地僧一样的人物。我心中暗暗留起神来，只是那个清洁工遁入人群之中，眨眼就消失了踪影。

我和司马姗姗又转了两圈，还是一无所获，也就失去了继续游览滕王阁的兴趣，转身走了。

我们在省博物馆附近的一家酒店住了下来。

第二天我一早起来，退了房，在门口的小吃店里吃了两碗南昌米粉，这才向省博物馆走了过去。来到博物馆门口，早就有一些闻讯而来的市民排成一条长龙。我和司马姗姗买了票，跟在人群后面，慢慢走了进去。

博物馆里面，宽敞的大厅之中，早就挂好了一条横幅。横幅上面写着——欢迎陈彼得先生还乡暨大明洪武羊脂玉九龙公道杯交接仪式典礼。

一个二十来岁的穿着正装的年轻男子手拿麦克风，正在那里指挥几个工作人员。十来名全副武装的保安站在两侧，大厅门口另有几名警察站在那里。我四处逡巡了一下，发现大厅里面还有十来名身穿便衣的警察。

我心中暗道，看来这个交接仪式规格不低，这么多警察，这是生怕出了一点闪失。也难怪，毕竟那只九龙杯来头不小，据说还是朱元璋用过的。

时间还未到九点，大厅里面已经是人头攒动。记者、主持人、保安、警察、游客还有附近蜂拥而至看热闹的市民，将这间大厅挤得水泄不通。人群之中，我和司马姗姗奋力挤到护栏之前，双手抓住护栏，一名保安走到我身前，向我身后的一个人大声呵斥道："别挤了，没看你前面的那个女孩子脸都白了。"

我侧脸向司马姗姗看了过去，只见司马姗姗的脸色果然有些苍白。我有些担心，忍不住问道："你没事吧？"

司马姗姗摇了摇头，我这才稍稍放心。四处望去，一双眼睛忽然看到一张熟悉的面孔，我的呼吸立时急促起来。原来那一张面孔，昨天我在滕王阁景区见过，正是那个打扫卫生的清洁工。只见那清洁工穿着一身旧旧的西服，站在距离我不远的另外一根栏杆旁边，正微眯双目，向着里面望去。护栏里面，靠东面一侧悬挂着一块巨大的展板，展板上是大大的九龙杯的照片。照片下面用楷书写着这只九龙杯的来历。

那位清洁工依旧眯着双眼，似乎在读展板上的介绍。

他怎么来了？我昨天心里隐隐泛起的那个念头——这个清洁工不简单——立时又浮了起来。就在这时，只听得四周一阵骚动，我急忙转头，只见保安指挥着人群闪开一条通道。一个身穿黑西服的六十来岁的男子在两名高大威猛的保镖的护卫下，从大厅的入口缓缓迈步走来。这一名男子留着两撇精致的小胡子，眼睛不大，但却炯炯有神，顾盼之际，似乎能够看透人心。整个人身上透着一股精明干练的气质。

我知道，这个人一定就是陈彼得了。毕竟，这么大的排场，又是在今天这样一个重要的场合，除了他，估计也没有第二个人了。果不其然，就听得会场里面传来主持人激动的声音："现在来自大洋彼岸的陈彼得先生已经来到会场，请大家用热烈的掌声表示欢迎！"

掌声稀稀拉拉地响了起来。陈彼得却是毫不在意，反而举起手，向周遭人群挥手致意。工作人员在前引导，带着陈彼得一路来到会场里面。博物馆馆长和相关的领导都是笑脸相迎。一切都在有条不紊之中进行。

紧接着博物馆邀请的嘉宾也一一登场。让我吃惊的是，司马姗姗的爷爷司马奕——中华古建筑学协会会长居然也来了。

只见司马奕神情淡然，一路走到陈彼得跟前，二人寒暄了两句，分别坐下。

我发现陈彼得在和司马奕握手的时候，似乎张嘴想说什么，但随后还是咽了回去。难道这两个人认识？

司马奕坐在一侧，和周边的嘉宾谈笑风生，似乎那些嘉宾都是他的故交。这也难怪，毕竟司马奕在这一行干了几十年，各式各样的人自然见得多了。就是不知司马奕知不知道我和他孙女现在就在现场。

司马姗姗拽了拽我的手，我侧过头看向司马姗姗，司马姗姗低声道："我爷爷在上面，咱们还是先不要和他见面。"

我心中一动，莫非司马姗姗也有什么秘密藏着？这些秘密不能让她爷爷知道？我点了点头，和司马姗姗慢慢退到人群后面。

只听主持人大声宣布交接仪式开始，紧接着陈彼得和博物馆馆长以及一众嘉宾全都站了起来，目光齐刷刷望向会场一侧。一个穿着丝绸旗袍的美女手中捧着一个盘子，在两名保镖的护卫下，面带微笑，款款走了进来。

美女手中的盘子上盖着一块红布，红布下面覆着一物。美女在工作人员的引导下，来到陈彼得跟前，将那盘子递到陈彼得手中。

陈彼得随即双手接过，将那盘子递到站在对面满脸堆笑的博物馆馆长手里。博物馆馆长鞠了一躬，口中连声道谢。

陈彼得笑道："客气啦，这是物归原主。周馆长，咱们还是让这九龙杯显现真容吧。"

周馆长脸上的肥肉都颤动起来："好的陈先生，来，小周拿酒来！"

旁边一位年轻的工作人员立刻过来，手中拿着一瓶打开了的五粮液。

周馆长将那装有九龙杯的盘子小心翼翼地放到一侧的桌子上面，然后将那五粮液微微倾侧，缓缓倒入九龙杯中。一阵酒香四溢，弥散开来。会场正对众人的背后，是一面九十八寸的液晶显示屏。屏幕上九龙杯里面倒入了五粮液之后，缓缓出现了一些图案。那图案宛如龙形。

我心中一凛。倒是听说过这九龙杯倒入酒水之后，可以显现出九条龙形，难道这个故事是真的？

大屏幕上显示的九龙杯里慢慢显现出数条龙形——周遭的人们数了起来："一条……两条……三条……"

众人的声音越来越大，到最后，众人齐声喊道："九条……"随后便是一阵响彻全馆的掌声。

周馆长脸上满满的都是得意之色。掌声如雷，竟似可以将这博物馆的墙壁震塌了一样。

良久良久，这掌声才平息下来。周馆长再次走到陈彼得身前，大声道："陈先生，太感谢你啦，这个大明洪武羊脂玉九龙公道杯以后就是我们省博物馆的镇馆之宝了。"

"周馆长客气啦！"随后陈彼得转身面对一众记者和游客，沉声道，"诸位江西的老乡，谁能够告诉我九龙杯里面那四个数字的秘密，我个人奖励他五十万。"

众人都是"哦"了一声，随后目光齐齐转向大屏幕。

只见大屏幕上面，倒入了五粮液的九龙杯杯底除了九条栩栩如生的飞龙之外，在杯底正中，隐隐映出了四个阿拉伯数字——2345。

那四个阿拉伯数字映入我的眼中，我的心里立时一震——这大明洪武羊脂玉九龙公道杯底部为什么会出现这四个阿拉伯数字？

这九龙杯据说出自洪武年间江西浮梁县景德镇的御窑厂，那个时候阿拉伯数字刚刚传入中国，根本就没有正式使用——广泛使用还是在光绪年间。所以这四个阿拉伯数字又是谁刻在这九龙杯杯底的？

会场上，陈彼得向着一侧的嘉宾看了看，脸上笑意更加浓了："司马会长，王理事，张会长，你们要是给解开了这个百年之谜，我在这五十万上面再加三十万，如何？"

司马奕目光闪动，没有说话。那个王理事——刚才主持人介绍说是一个古董研究会的理事，此刻听到陈彼得叫到他的名字，当即欠了欠身，笑道："我还是算了，我对解谜猜谜向来是外行，还是让张会长来，据说张会长以前就精通灯谜射虎。这个九龙杯数字之谜，非他莫属。"

张会长急忙摆手道："哪里，哪里，王兄太抬举我了，我充其量是一个爱好者。"张会长似乎意识到自己不说几句话无法下台，当下嘿嘿一笑道："这个九龙杯底的数字，不在谜格之内，既非秋千格，又非卷帘格，鄙人不才，实在是猜不出来，还是有请下面的贤能人士来解惑。江西素来是人杰地灵之地，说不定就有一位才高八斗的高人一眼就看出这九龙杯杯底数字的秘密。"

张会长将王理事甩过来的烫手山芋，又轻轻松松甩了出去。我心中一动——这张会长看来是什么灯谜协会的会长，要不然不会知道什么秋千格、卷帘格。古时候，制谜解谜都需要遵守相应的格式，这格式就叫作谜格，秋千格和卷帘格就是其中的两种。秋千格谜底限于两个字，反顺序读，像打了一个秋千似的，故名秋千格。比如杯盘狼藉，谜底是罢宴，罢宴反过来是宴罢。宴罢自然是杯盘狼藉，谜面相合。

卷帘格则是谜底多于两个字，反顺序读，如竹帘倒卷，比如谜面安息香，谜底是睡美人。因为人美睡正好扣合谜面。

我心中暗道："这几个嘉宾一定是陈彼得特意邀请来的，毕竟一只大明洪武的九龙杯，实在是跟一个灯谜协会搭不上半点关系。但如果是为了这九龙杯杯底的数字之谜，那么一个灯谜协会的会长倒是可以派得上用场。"

张会长说完那一句话，陈彼得的脸上露出了一丝失望。那失望一闪即逝，随即陈彼得转过头来，向着护栏外围观的群众沉声道：

"有没有哪一位高人出来指点一二？"

围观的群众一阵嘘声，跟着有一个胖胖的女人大声道："你这个人不厚道。"

陈彼得微笑道："我怎么不厚道了，这位大姐？"

胖胖的大姐一指嘉宾，大声道："你自己刚才说了，他们三个猜出来多给三十万，为什么我们猜出来才给五十万？这是厚道人办的事吗？"

众人一起起哄："就是，就是，为什么我们才给五十万？"

陈彼得目光闪动，哈哈一笑："既然这位大姐说了，咱们中国的老话——听人劝吃饱饭。这样吧，只要有人猜出了这九龙杯杯底数字的秘密，我同样在五十万的基础上，再多加三十万，无论什么人都一样。"

会场里面立时又是一阵欢呼声。

陈彼得笑眯眯地道："有没有人自告奋勇，毛遂自荐？"

胖大姐嘿嘿一笑："你把八十万给我留好了，我明天告诉你答案。我就不信了，这钱到嘴边了，还能吃不着。"

大姐旁边的人一阵哄笑。

跟着有人问道："这个八十万是真的给吗？可别糊弄我们。"

陈彼得笑道："这里是省博物馆，这位周馆长，还有那位中华古建筑学协会的司马会长，都是见证人，我怎么能欺骗你们？"

底下有人小声议论："这个陈彼得听说有几个亿呢，这几十万在他手里就是九牛一毛，不，九十牛一毛。"

有的人相信，有的人脸上依旧带着怀疑，毕竟凭一个九龙杯杯底简简单单的四位数字，就能拿走八十万，这件事情放在什么年代都是一件绝对稀有的事情。

我看了看四周，发现会场里面的人大部分都比较亢奋。眼光一扫，看到那一位清洁工的时候，却发现那位清洁工依旧脸色淡然。我正要转过头去，忽然发现那位清洁工走到距离他最近的一位身材魁梧的保安身前，然后低声对那位保安说了一句话。

那保安听了清洁工的这句话后，呆了一下，然后又打量了清洁工几眼，似乎不敢相信。过了一会儿，这才半信半疑地走出人群，沿着一侧的通道走到会场里面，对着周馆长低声耳语了几句。

周馆长立时兴奋起来，随后走到陈彼得跟前，低声说了几句。陈彼得脸上的神色也是立时变了，又是兴奋又是紧张，只听他对周馆长沉声道："快，快请他到后面办公室来。"

周馆长连声答应，随后招呼那位保安："赶紧将那位先生请过来。"保安连声答应。

我侧头望去，只见不知道何时，那位清洁工已经悄无声息地挤出人群，站在会场外面。看到保安，那位清洁工点了点头，跟着快步走了过去。

会场里面还不知道发生了什么事情。众人议论纷纷之中，陈彼得匆匆走了下去。周馆长交代了两句，也带着几位嘉宾走了出去。这个时候，主持人这才出来宣布——陈彼得先生赠予省博物馆大明洪武羊脂玉九龙公道杯交接仪式就此圆满结束，感谢诸位莅临。

司马姗姗低声问我："咱们怎么办？"

我想了想，低声道："咱们也去后面看看。"

这个九龙杯对我的诱惑不太大，但是九龙杯杯底那几个数字对我的诱惑太大了。我隐隐觉得，那个陈彼得之所以从美国回来，其目的就在这九龙杯里面那几个数字上。那四个阿拉伯数字跟那个假冒我父亲的人，以及留在鲁南十方小镇住所里面门廊柱子上的那八个字一定也有一些关联。说不定我能由此找到当年陷害我爷爷的那个人。

这九龙杯如何落到我爷爷手中？又如何从我爷爷手中不翼而飞到了英国？又如何被陈彼得花费重金买了回来？这里面一定有着非同寻常的往事。知道这一切，也许就能解开过去所有的秘密。我更是隐隐觉得，滕王阁那个扫地的清洁工，也许就是这一连串迷局里面最关键的人。

我暗暗下了决心，一定要跟这个清洁工搭上话。

第七章
往事如烟

我拉着司马姗姗挤出人群，正要往后面走去。刚刚走到通道的一侧，便被一名保安拦了下来。

保安一脸严肃："这后面是馆长办公室，闲人免进。"

我脑子灵光一闪，脱口而出："我们知道那九龙杯杯底的数字之谜。"

保安的呼吸立时急促起来："你真的知道？"

走一步算一步，先见到那陈彼得再说，那清洁工一定在馆长办公室和陈彼得交谈，只要见到陈彼得，就能见到那清洁工，实在不行，说不定还能从陈彼得嘴里套出一些有用的资料。

我点点头，一本正经道："不过，我只能告诉陈彼得先生。"

保安脸上满是兴奋："你们俩跟我来。"

我心中一喜，正要迈步跟着保安往里面走去，司马姗姗伸手一拉我："我就不去了。"

我转头问道："怎么了？"

司马姗姗眼珠一转，低声道："我爷爷不知道我去找你，如果知道了会骂我的。那个拓片是我从爷爷那里偷来的，我爷爷都不知道。"司马姗姗莞尔一笑，眼神里面满是调皮。

我猛然醒悟——她那次去天津找我，是瞒着她爷爷的。有些事肯定司马奕也不让她告诉我。可是司马姗姗这样做的目的是什么？

时间紧迫，已经容不得我多想。我嘱咐她："你在这里等我，我一会儿就出来。"

司马姗姗点点头。我转身跟着保安一路走了进去。转了两个弯，保安带着我来到一间办公室门口。办公室上方的标牌写着"馆长办公室"。

保安敲了敲门。过了一会儿，一个高大魁梧的保镖将门打开，看到那名保安，保镖脸上带着警惕之意，沉声道："你找谁？"

我透过门缝，看到办公室里面清洁工和陈彼得分别站在办公桌的两端，似乎正在对桌子上的一件东西指指点点。看到我的瞬间，陈彼得抬起头，眼睛里露出狐疑的神色。

我一怔。这个陈彼得居然连馆长都没请进去，看来这个九龙杯杯底的数字之谜对他十分重要。

保安有些局促，迟疑了一下，这才对那名保镖道："这位先生也知道九龙杯杯底的数字之谜，说是只能对陈先生讲。"

那名保镖怔了一下，皱皱眉，正要转身进去请示，就听陈彼得沉声道："让这位先生进来。"

那一名保镖急忙将门打开。我点头示意，随即迈步走了进去。那一名保镖顺手将门关上。

我抬眼四处望去，这间馆长办公室足足有七八十平方米，一张办公桌就放在北墙之前。

陈彼得正站在那张办公桌跟前，桌子上摆放着一张地图。清洁工此刻正站在陈彼得对面，他听到声音，转头看了我一眼。看到是我，清洁工眼睛里露出一丝诧异。

我知道他一定是想起了我。陈彼得示意我坐到一旁，接着对桌子对面的清洁工沉声道："鲁先生，我明天带人去找你，你回家收拾一下，跟我们去那个地方，到那个地方，没有问题的话，我便立刻安排人给你转账。"

姓鲁的清洁工点点头，站起身，转身向外面走了过去。

和我擦肩而过的瞬间，我将刚才悄悄准备好的一张名片顺手塞入了姓鲁的清洁工的西服口袋中。我向清洁工微微一笑，跟着退后半步。

我确信我刚才做的这一切，屋子里虽然还有另外两个人，但那两个人应该不会发觉，毕竟我从小跟随我父亲学习了那么多年北斗七星的功夫，手脚麻利可不是一般人比得了的。

我不知道那清洁工看到那张名片会不会给我打电话，但是我有一种预感，我觉得那个清洁工一定会对我大感兴趣，因为我在那张名片上面做了特殊的印记。

保镖给清洁工开门，送清洁工出去之后才将门关好，随后退到门口一侧，垂手而立。

陈彼得坐了下来，将桌子上的地图随手收了起来，然后一摆手，示意我也坐下。跟着拿起桌子上的雪茄，使劲抽了一口，这才放了下来，笑着对我道："说吧，你想要什么？"

我不客气地坐了下来。我虽然是津门一个小小的古董店店主，但是我知道一个道理，面对再大的老板都不要怯场。就记着说相声的郭老板那一句话就够了——他有钱，他给我吗？不给我，我为什么要怕他？

我看着陈彼得微笑不语。陈彼得眉毛一挑："小兄弟，我时间有限，你没事的话，这就请回吧。"

我想了想，问他："陈先生，你要找的那个九龙杯杯底的秘密，我好像知道一些。"

陈彼得"哦"了一声，继续打量着我。我从背包里面取出司马姗姗给我的拓片，递到他面前。

陈彼得一怔，迟疑了一下，这才伸手接了过去，随后慢慢展开，看到拓片上那八个汉字，陈彼得脸上的表情立时变得古怪起来。

陈彼得沉默了一会儿，这才询问我："这副拓片你怎么得到的？"

我看着陈彼得，缓缓道："陈先生，你这九龙杯是在哪里得到的？"

陈彼得看着我："你先说。"

我笑道："还是陈先生你先说。"

陈彼得默然地看着我，不知道他脑子在想些什么。就在这时，只听陈彼得身后墙壁里面传出一个熟悉的声音："他那个拓片是我给的。"

竟然是司马奕的声音。我抬头望去，只见这间馆长办公室北面墙壁之上，一扇门缓缓转动，露出了一间密室。门一打开，只见密室里面司马奕和古董协会的王理事坐在对角沙发上，正饶有兴致地看着我们。密室大门之上有两个并排的拇指粗的圆孔，刚才司马奕和王理事应该就是从这密室门上的圆孔里听到了我和陈彼得的对话。

我心里暗暗恼怒，看来这二人在这密室之中已经观察了一段时间。就是不知道那个灯谜协会的张会长去了哪里。

我转念一想，灯谜协会的张会长既然猜不出九龙杯数字的秘密，估计已经被打发走了。

眼前的这二位，一个是古建筑学协会的会长，一位是古董协会的会长，对于鉴定古董，自是行家里手。这二位对于陈彼得应该还是有许多用处的。

我估摸着这二位躲在这密室里面，应该是陈彼得安排的，为了鉴定那位姓鲁的清洁工所说的是真是假。只是这二人应该也没有想到我会闯进来。

司马奕出声，应该是有其他理由。至于他为什么要说谎，隐瞒司马姗姗将那拓片偷偷给我的事情，我现在一时半会儿还没有想明白。

陈彼得招呼我："小兄弟，进来吧。"随后迈步走了进去。

我想了想，感觉有司马奕在里面，我应该不会有什么安全问题，于是也迈步走了进去。

陈彼得待我走进密室以后，随即在墙壁一侧按动开关。那一扇暗门缓缓关闭。

陈彼得等到暗门关闭之后，伸手又将暗门上的两个遮挡放了下来，将暗门上的两个圆孔遮住。这才走到一侧的沙发前面坐了下来。

密室里面三面都是沙发。我看了看，还是挨着司马奕坐了下去。

陈彼得看了看司马奕，又看了看我，这才微微一笑，问道："司马兄，这个不会是你的孙子吧？"

司马奕嘿嘿一笑："自然不是，我倒是想呢，可惜这个小兄弟不愿意。你知道他是谁的孙子吗？"

陈彼得摸了摸自己的两撇小胡子："难道他爷爷我认识？"

司马奕笑道："岂止认识？他是欧阳明的孙子。"

陈彼得脸上神色立时一变，转过头定定地看着我，过了好一会儿，这才缓缓道："我说呢，刚才这个小兄弟一进来，我就觉得有些面熟，原来是欧阳明的孙子。"

我心里暗暗打鼓，这个陈彼得也认识我爷爷？

只听陈彼得缓缓道："你叫什么名字？"

我慢慢道："我叫王看山。"

陈彼得眉头微微一皱："你不姓欧阳？"

我没有说话。司马奕解释道："这个小兄弟是他父亲一手带大的，欧阳明的媳妇自从出事以后，生怕受到牵连，于是就带着他父亲欧阳江河一路逃到鲁南，随后改姓王。"

陈彼得这才松了一口气："原来是这样。小兄弟，你知道你爷爷当初为什么要去偷九龙杯吗？"

我没说话。只见陈彼得和司马奕交换了一下眼神。

陈彼得看着我，缓缓道："当年就是我们三个人鼓动你爷爷和我们一起去偷那九龙杯的。"

我腾地一下站了起来，怒道："原来是你们害的我爷爷。"

陈彼得淡然道："小兄弟，我们可没有害你爷爷——我们都是北斗七星的人，同气连枝，可不会同门相残、同室操戈！"

我更加震惊，颤声道："你也是北斗七星的人？"

陈彼得淡淡道："不错，我是北斗七星之中的天权一脉。司马兄则是玉衡，那位王理事则是天玑一脉。你爷爷欧阳明是开阳。"

我心中一凛：北斗七星之中，我们开阳一脉专门给人看阳宅。玉衡其性属阴，专门给人看阴宅。那天玑一脉在北斗七星里面乃是掌管财富之星，尊为禄存星，在我们北斗七星里面修习的则是鉴定古董这一行当。那天权又叫文曲星，则是给人出谋划策，过去叫谋士、军师，现在则是策划。据说这个行当的人都极为聪明。

陈彼得这个人既然是我们北斗七星里面的天权一脉，那么我要和他斗智，可要多一些心眼，免得翻船。

陈彼得缓缓道："当年我在乡下的时候，无意间跟随一个同伴前往梅岭游玩。一路上沿着山间小路越走越远，最后到了梅岭深山老林之间，看到数百根松木掩映之中露出了一面光秃秃的石壁。那石壁成四十五度角，映着日光，依稀看到石壁上阴刻着数百个字。那数百个字你看了也一定会认得，因为那数百个字正是王勃当年写的《滕王阁序》。

"我一怔，心中便觉得有些奇怪——是谁费这么大的力气，将《滕王阁序》刻在了一面光秃秃的石壁上？

"我向四周看了看，见这片松林遮天蔽日，绵延数里，如果不是我和那个同伴贸然闯了进来，还真不容易发现这么一块刻有《滕王阁序》的石壁。我那位同伴兴奋地大喊大叫，顺着倾斜的石壁爬了上去。那个同伴本是想要和那《滕王阁序》来个合影，谁知道就在那个同伴爬到一半，一个不留神，一脚踩空，摔了下来。

"那个同伴的右脚当时就肿了，口中连连呼痛。没办法，我这才将那个同伴背着，一路走了回去。那个同伴一直养了半个月才好，养好了以后，也没了再去那梅岭探险的兴趣。我在家中查看了一些当地的日志，居然在一个明朝知府的手札里面查到了一些资料。资料里面记录着一个传说，传说当年朱棣的师爷姚广孝为了让朱棣的江山永固，特意造了一座锁龙大阵。这锁龙大阵造好以后，可以保大明两百年江山。朱棣大喜，随即将一只靖难之役中得自宫中的羊脂玉九龙杯送给了姚广孝，用以表彰他这次立下的汗马功劳。

"姚广孝将那九龙杯放于家中，仔细观察，居然被他查出了这九龙杯里居然藏了一个天大的秘密。姚广孝揣摩出了这个秘密之后，不敢声张。据姚广孝寺庙里的方丈透露，当年姚广孝拿着这九龙杯来到了江西南昌，随后将那九龙杯藏了起来，藏的地点就是这梅岭。至于在梅岭的哪个地方，那就不得而知了。

"那个知府当年也是听宫里的一位太监说的，那个太监说的是真是假谁也不知道。那个知府当时听了以后，也没当一回事，只是作为一个典故记录了下来。我随后又前往姚广孝临终前所住的庆寿寺里查阅典籍，费了九牛二虎之力，这才在一堆浩如烟海的典籍里面找到当年陪伴在姚广孝身边的一位僧人的记录。那位僧人记录说，当年姚广孝弥留之际，曾经说过九龙杯的事情，说九龙杯在一块巨大的石头下面，那石头上刻着《滕王阁序》。

"这一句话还未说完，姚广孝便死了。庆寿寺的僧人也不知道这位传奇的僧人临终前所说的话是真是假，也就草草记录下来。幸运的是，这只言片语的资料留存了下来。我看完这庆寿寺僧人的记录之后，将那知府手札和这僧人遗书一经对照，便立刻明白了，我和那位同伴所撞见的那一面松林石壁，极有可能就是藏有姚广孝九龙杯的那一面石壁。只是我想了想，那姚广孝为人何其精明？决计不会就那么简单地将一只价值连城且里面还藏着秘密的羊脂玉九龙杯藏在一个一点防护都没有的松林石壁之下，那松林石壁说不定还隐藏着什么机关。我这才决定将这件事告诉司马兄、王理事，还有你爷爷欧阳明。"

王理事打断话头："我那个时候还不是理事。"

陈彼得笑道："王大哥年少有为，不用这么谦虚，你那个时候虽然不是理事，但是在你们天玑门里面也是数一数二的人物了，要不然我怎么会将你也邀请过来？王大哥和司马兄，还有你爷爷欧阳明被我约到湖南长沙的天心楼，我跟他们三位说了此事，王大哥说要慎重，是不是再找几位北斗七星的人去梅岭，司马兄也是这个意思，只有你爷爷欧阳明不置可否。我想了想，觉得还是听人劝、吃饱饭，我们四个人去，还是少了一些，那松林石壁下面绝对不会如此简单，毕竟姚广孝是什么人物？那在大明朝可以说得上是惊天动地的大人物，朱棣的左膀右臂，没有他姚广孝，朱棣也不可能夺取江山，做了大明朝的皇帝。

"我这么一琢磨，也就暂时放下了这个念头，我的计划是，先去联络几个咱们门中的弟兄，多找几个，这样一来，人多力量大，然后再一起去梅岭，将那九龙杯取出来。谁知道一个月后，就在我刚刚打听到咱们北斗七星另外一支天璇门下有弟子在广西出没，正要前往广西打探的时候，就看到报纸上登载了你爷爷欧阳明盗取国宝九龙杯被抓获的消息，我当时看到这个消息，宛如五雷轰顶，没想到你爷爷居然是这样的人。"

我打断陈彼得的话头，坚定地道："我爷爷不是那种人。"

陈彼得看着我，目光闪动，缓缓道："我不知道你爷爷是哪种人，毕竟我跟你爷爷交往不深。"

司马奕忽然开口："我知道欧阳明不是那种人，这里面一定有误会。"

司马奕忽然仗义执言，我心里一暖，看向司马奕的目光里面多了一份感激。

司马奕却没有看我，依旧望着陈彼得，继续道："我和欧阳明认识了很多年，交情匪浅，我可以给他做证。"

陈彼得看看我，又看了看司马奕，默然一会儿，这才笑道："好，我暂且相信你们，只不过很可惜，欧阳明却在监狱里面自杀了，这里面有没有误会也就无人知晓了。后来我四处打听那九龙杯的消息，听说在动乱的时候，省文物馆再次被盗，那只埋在地下的九龙杯就此下落不明。"

陈彼得再次沉默了一下，这才继续道："后来我出国经商赚了一些钱，之后就是满世界打听那只九龙杯的下落，毕竟我曾经那么靠近过九龙杯，就只差一个石壁，我在石壁之外，九龙杯在石壁之内……我对于九龙杯，执着了几十年，直到在今年年初，看到英属直布罗陀博物馆里面居然展出了一只九龙杯，我急忙飞了过去。进到博物馆里面，看到那只九龙杯，我心里就有一种久别重逢的感觉，我知道这只九龙杯一定就是梅岭松林石壁下面的那一只。我当时就决定，不惜一切代价，将这九龙杯买到手。"

司马奕眯起眼睛，缓缓道："然后你就花了一千万将这九龙杯买到手？"

陈彼得摇了摇头："不是一千万，是一千两百万，再加上斡旋的成本，一千五百万不止，就这样，英属直布罗陀博物馆依旧不肯将这只九龙杯出售，我最后将我家里收藏的一幅达·芬奇的手稿送给了他们，他们这才将这只九龙杯给了我。当时那位直布罗陀博物馆馆长好奇地问我，为什么要花这么大代价非要得到这只九龙杯？我告诉他，这个是中国的文物，中国人讲究落叶归根，所以中国人的东西一定要回到中国。"

王理事赞叹道："陈兄弟在民族大义之上，永远是这么清清楚楚、明明白白，让人击节而叹啊！"

陈彼得摇头道："哪里哪里，身为一个中国人，这是必须做的。"

我心里不停嘀咕："陈彼得嘴里说得这么漂亮，可是他想的什么，恐怕司马奕是一清二楚。就是不知那个看上去老实的王理事，知不知道这其中关节。"

陈彼得继续道："我得到这九龙杯以后，当时就兴奋得一夜没睡，把玩了良久。我发现这九龙杯杯底居然有四个阿拉伯数字，我当时就大为好奇，于是就致电了王大哥，王大哥也不知道其中含义，后来我又找人咨询，始终不得要领。最后王大哥建议不如回国，说不定国内有人就知道这九龙杯杯底的秘密。所谓解铃还须系铃人，这九龙杯来自咱们江西，自然要回到江西，我这才跟省博物馆接洽，有了这国宝物归原主的这个仪式，这个仪式第一是为了将国宝送还，第二是为了这九龙杯杯底的秘密。"

我心里暗暗冷笑："恐怕你就是为了这九龙杯杯底的秘密。"

陈彼得微笑道："这一次运气好，第一天就碰到了一个能够解开这个谜底的人。小兄弟，既然你是欧阳明的孙子，那么正好，明天我要跟那个姓鲁的去一个地方，你跟我们一起。"

我脑子转得飞快，随口应付道："你们要去哪里？"我可先不能答应，这几个人都是老油条，尤其是眼前这个陈彼得，乃是我们北斗七星天权一脉的后人，天权一脉，工于心计，我可别着了他的道。

陈彼得目光闪动："你猜咱们去哪儿？"

我一怔，心道："这个老狐狸让我猜，那自然是估量我可能知道的地方，我跟他也就是刚刚这一番对话，难道那个地方的线索就在适才的一番对话里面？"

我脑海里面忽然一亮，想起陈彼得刚才所说的一句话——解铃还须系铃人，陈彼得不远万里回到这里，一定跟九龙杯有关系，跟九龙杯关系最近的就是它的出处——梅岭。

我沉声道："好，我跟你去梅岭。"

陈彼得眼睛里面露出一丝赞赏，随后对我道："你先回去吧，小兄弟，明天早晨八点我派人去接你。"

我点点头，告诉陈彼得："我就住在——"

话还未说完，就被陈彼得打断："你先回去吧，恕不远送。"跟着伸手按动墙上的按钮，暗门缓缓打开。

我心里一凛——这个陈彼得不用我说出我的住所位置，自然是胸有成竹，他有把握知道我在哪里住宿。看来陈彼得在这里人脉不浅。

我走出馆长办公室，一路来到外面，却没有看到司马姗姗。

在博物馆门口又等了一个小时，眼看已经到了中午。司马姗姗还没有出现，我于是在省博物馆附近找了一家餐馆，要了一大碗过桥米线。

等米线的工夫，我给司马姗姗打了一个电话，可惜的是，电话那端始终没有人接。

我心里有些纳闷儿。片刻之后，我正在奋力消灭面前那一大碗过桥米线的时候，突然收到一条短信。

短信的内容让我立刻不安起来……

第八章

梅岭寻宝

"陈彼得要杀你和姓鲁的清洁工，梅岭不能去。"

这条短信来自司马姗姗。看完之后，我的心怦怦直跳——司马姗姗怎么知道陈彼得要杀我和姓鲁的清洁工？我哪里得罪了陈彼得？陈彼得又为什么要杀姓鲁的？我百思不得其解。终于忍不住回了一条短信："为什么？"

良久，司马姗姗才回了一条短信："姓鲁的是缺一门的人。"

这个自然是陈彼得诛杀那清洁工的原因，但却没有提到陈彼得为什么要杀我。回完这条短信之后，司马姗姗那头再无动静。

我猛然想起来，司马姗姗说过，我父亲就是一直追随缺一门的人查探当年陷害我爷爷的那个组织。我们来到这里，也是因为想到了这一点。看来我有必要去会一会这个缺一门的弟子。

我结了饭钱，迈步走出饭馆。来到大街上，脑子里思索了一下，决定还是去滕王阁询问一下。毕竟姓鲁的是滕王阁的工作人员，那里一定有他的联系方式和住址。

谁知道我到了滕王阁景区以后，一番询问，却被工作人员告知，没有老鲁的具体住址，只知道他叫鲁平，山东人，四十五岁。在滕王阁已经工作十来年了，之前一直在附近的一条街上租房，一个月前那条街发生了火灾，鲁平随即搬了家。至于搬到哪里，鲁平也没有透露。

我有些郁闷，在滕王阁景区待了一会儿，也没有看到鲁平出现，这才转身出了景区。一路来到之前下榻的酒店住了下来。

这一天直到晚上十点，我也没有再收到司马姗姗的短信。我心中琢磨，明天该不该去？思来想去，决定还是要去一趟，毕竟不入虎穴焉得虎子。他陈彼得想要杀我就杀我吗？我身为北斗七星开阳的弟子，难道就斗不过他天权一脉？我将我父亲留给我的一把匕首藏在登山包里，其他的也准备充分，这才沉沉睡去。

第二天一早，我就被一阵急促的敲门声惊醒。打开门，我就看到酒店的一名服务员满脸歉意地告诉我："对不起，一个姓金的先生现在正在下面大堂等您。"

姓金？大概是陈彼得派来的人。我穿好衣服，背上登山包，然后想了想，再次拨打司马姗姗的电话，电话那端提示对方已关机。

我心中纳闷儿，不知道司马姗姗出了什么问题，但是想到司马奕也来到了江西，司马姗姗应该不会出现什么问题。心中这样安慰着自己，随后跟随酒店服务生来到大堂。一个人高马大的中年汉子看到我过来，立刻站起身来，向我沉声道："王先生，陈总让我来接你。"

这个中年汉子穿着一身笔挺的西服，身上的肌肉似乎都要从西服里面绷出来。中年汉子我认识，正是昨天上午我在省博物馆办公室里面看到的陈彼得身旁的保镖之一。

我点点头，告诉那名保镖："我先吃口饭。"

保镖有些无奈，欲言又止。我径直迈步走到一侧的饭厅。早餐是自助。我细细挑选食物，眼睛落在食物上，心里却在不断思索一会儿再见到陈彼得的时候，该如何应对。我拿着食物，来到餐厅左侧的一张桌子前。这张桌子一侧是一面巨大的落地窗，窗户外面便是大堂。隔着玻璃都能看到那名保镖在大堂里面，有些坐立不安。

我心中暗笑。

这保镖毕竟不如陈彼得那只老狐狸沉得住气。

陈彼得和那司马奕都是老狐狸，老奸巨猾得很，那个王理事看样子虽然显得十分忠厚，但估计也是一个扮猪吃老虎的主。这几个人都十分难惹。幸好司马姗姗不在我身边，我少了一个要照顾的对象。这一次梅岭之行，我一定要去。古人说得好，虽千万人吾往矣。男子汉大丈夫，绝不能临阵退缩。

吃过早餐，我结算了房钱，背上登山包，走到大堂，招呼那名保镖。保镖看了看表，这才松了口气，带着我来到酒店门口，一辆黑色奥迪早已经安安静静地等在那里。我上了车，保镖坐在我的一侧，我心中暗道，看来这个保镖还有监视我的意思，这是生怕我半路逃跑了。

我笑眯眯地询问："这位大哥您贵姓？"

保镖迟疑了一下，告诉我："我叫金刚。"

我打量了一下，感觉这个名字倒是和这名保镖很相符。这名保镖两只大眼不怒自威，一张脸始终板着，仿佛每个人都欠了他八百万一样。金刚带着我一路向梅岭开去。梅岭位于南昌市湾里区，东临鄱阳湖，北面与庐山遥遥相望。方圆一百五十平方公里左右。

梅岭原来叫飞鸿山。西汉末年，南昌一位县尉梅福为抵制王莽专权，退隐飞鸿山中，潜心修道，不问世事。后人为了纪念这位县尉，这才将飞鸿山改名为梅岭。山下建梅仙观，山上建梅仙坛。多少文人慕名而来。欧阳修、曾巩、黄庭坚、陈师道等全都曾在梅岭留下足迹。

我们乘车到达梅岭下面的梅仙观的时候，已经是九点多了，远远地就看到梅仙观门口站着五六个人。那几个人正是昨天在省博物馆馆长密室里面的陈彼得、王理事、司马奕三人。陈彼得身旁多了另外一名身材魁梧的保镖，司马奕身旁多了一个妙龄少女。

那妙龄少女不是别人，正是司马姗姗。

看到司马姗姗的时候，我心里立刻放松了不少，毕竟跟我一起来到这江西，司马姗姗不见了踪影，我还是无法交代的。此刻看到她安全，我自然是放下了一颗心。

那名叫鲁平的缺一门弟子则站在距离众人有五米开外的一棵松树旁边，脸上木然，也不知道此刻他正在想些什么。司机将车停到一侧的停车场，我和金刚下了车，迈步走到众人身前。

金刚低声道："陈总，不好意思，我……"

陈彼得笑了笑，随后摆了摆手："没关系，现在这个时代已经是年轻人的天下，后生可畏，等等无妨。"

我笑道："陈先生大人大量，我今天起得有些晚了，不好意思，让各位久等了。"

陈彼得哈哈一笑："哪里哪里，在这梅岭山下，这么娴静优雅的地方，有人可等，也算得上是一件绝妙之事。"

我也是微微一笑，心道，你这老狐狸，估计心里早就已经开骂了。让我想不通的是，这个老奸巨猾的陈彼得为什么会这么迁就我，难不成我们开阳一脉在这北斗七星里面，还有其他几脉无法替代的优势？去这梅岭，还要用到我们开阳一脉的功夫？我的目光从陈彼得、王理事、司马奕、司马姗姗、鲁平脸上一路望了过去。

陈彼得脸上笑意盈盈，王理事则是目光闪烁，似乎心怀鬼胎，司马奕脸上淡然，看不出任何表情，司马姗姗则在看到我的时候，向我眨了眨眼，似乎在向我示意。她想要告诉我什么？难道是再次示警？

鲁平转过头，看着陈彼得，不耐烦地道："可以走了吗？"

陈彼得点点头，招呼站在一侧的另外一名保镖："罗汉，你跟鲁先生在前面带路。"

那名保镖点点头，迈步走到鲁平身前，沉声道："鲁先生请。"

我心中一动。陈彼得这两名保镖，一个叫金刚，一个叫罗汉，这两个名字肯定不是真名，应该都是化名——陈彼得这是把他自己比作菩萨了。

金刚乃是菩萨身前的护法，罗汉则是佛陀得法弟子修证最高的果位，陈彼得这么称呼自己的两名保镖，自然是将自己看作活菩萨了。

我对陈彼得的戒心又提高了一些。罗汉招呼鲁平，鲁平却没有迈步，而是望着陈彼得。陈彼得伸手一拍脑门，脸上露出歉意，对鲁平道："鲁先生，是我忘记了，抱歉抱歉。"随即招呼金刚："你现在就给鲁先生转账八十万。"

金刚迟疑了一下，看了看鲁平，但还是点点头，随即取出手机，只见他两根粗壮的手指在手机上一顿操作，片刻之后，金刚抬起头，将手机放下，对陈彼得毕恭毕敬道："陈总，已经打过去了。"

陈彼得点点头，这才望向鲁平，微笑道："鲁先生，你查一查。"

鲁平没有说话，也是低头一阵操作，片刻之后，抬起头，对罗汉道："跟我来。"随后当先而行。

罗汉跟在鲁平身后,这二人一前一后,沿着梅仙观一侧的小径向山上爬了上去。随后陈彼得一摆手,沉声道:"咱们也走。"

陈彼得、王理事、司马奕三人跟在鲁平、罗汉身后,司马姗姗稍稍顿了顿,等我迈步,这才跟在我身后,也向山上走去。金刚则跟在我和司马姗姗背后,亦步亦趋。我知道,陈彼得这是让金刚监视我和司马姗姗。

我一边走一边抬头四处查看。只见这小径之上铺着一块一块青石板,小径两旁也依稀看到有杂草弯折,似乎这一条小径经常有人上下。

我故意放慢脚步,司马姗姗看到,也是有意无意放慢脚步,金刚也跟着放缓了脚步。

我回头看了一眼金刚,笑道:"这位老兄,我和这位姑娘走得慢,你可以走在我们前面。"

金刚皱眉,摇摇头沉声道:"不用,我走得也不快。"

看样子,这金刚是要阴魂不散地跟着我了。

我灵机一动,抬头看陈彼得等人已经走出几十米了,此刻我和金刚小声说话,他们应该无法听到。我于是低声问道:"金先生,刚才陈总要你给那位鲁先生转什么账?"

金刚打量了我一眼,随后又抬头看了看陈彼得等人,犹豫了一下,这才低声告诉我:"那个鲁平他老婆得了重病,费用比较高,这个钱,就是给他老婆治病的。"

我这才恍然大悟。原来鲁平的老婆得了重病,要不然也不会吐露九龙杯杯底那四个阿拉伯数字的秘密。

上山的小径越来越窄,我和金刚、司马姗姗一路跟着陈彼得等人,往山后走了过去。约莫走了两个多小时,已经日上三竿,鲁平还是没有停下脚步。罗汉就跟在鲁平身后，寸步不离。

我走得又渴又饿，随身带的三瓶水已经见底。而我一旁的司马姗姗却比我还要稍稍强了一些，依旧显得精神奕奕，只是额头上冒出了一些亮晶晶的汗珠。

我咽了口唾沫，忍不住向前面大声道："陈总，让鲁先生放慢点速度，我可跟不上了。"

司马姗姗看了我一眼，眼睛里面露出了一丝笑意。我脸上微微一红。

陈彼得停住脚步，回头看了我一眼，这才再次转头，对前面的鲁平道："鲁先生，咱们要不然歇一会儿？"

鲁平没有说话，径直前行。陈彼得咳嗽一声，回过头来，向我笑道："小兄弟，再坚持一下。"

我心里嘀咕，坚持什么？坚持到了地方，被你杀了？老子才不能消耗体力，老子要留着力气，跟你这条老狐狸慢慢斗。

我口里答应着："好。"随后也不向前迈步，而是站在原地，直到看不到前面几个人的背影，这才一屁股坐到小径一侧的树桩上。

司马姗姗看我停着不走，她的眼珠转了转，也跟着停了下来。

金刚皱眉道："王先生，咱们赶紧走吧——要不然——"

我不悦道："要不然怎么？要不然一会儿赶不上二路汽车了？"

金刚脸色一沉，眼睛瞪着我。我丝毫不惧，双眼也瞪着他。我心里暗道，老子怎么说也是北斗七星的人，就算你们老大陈彼得当年不还是要请我爷爷出山给他帮忙？我开阳一脉还怕了你一个保镖？

心中这样想，但是脑子里面已经快速转动，想着一会儿这个傻大个子要是动手的话，自己要如何对付他。

我练的开阳一脉功夫，时日不多，恐怕动起手来，没轻没重，伤了这个傻大个子，到时候可就撕破脸皮了。

金刚胸口不住起伏，但最终还是按捺住了，没有爆发，而是径直向前走出十来米，站在小径一侧，转过身来，冷冷地望着我，过了一会儿才沉声道："王先生，我在这等你，你慢慢休息好了。"

我"哈"地一笑，想不到这个看上去极其不好惹的金刚面对我也是毫无办法。

我不想再刺激他，而是转头对司马姗姗道："司马姑娘你也歇息一会儿吧。"

司马姗姗点点头，随即左右看了看，这才坐到我身旁一块青石上。我低声询问："昨天你怎么不辞而别？"

司马姗姗从衣袋里面掏出手机，打开短信给我看。只见屏幕上显示一条短信：姗姗，你在哪儿？三点前给我回到朝阳宾馆，否则有你好看！屏幕上方显示联系人是爷爷。光从这一条短信上就可以看出当时司马奕的怒气。

我伸了伸舌头，心里面还有一个问题，但看到不远处虎视眈眈的金刚，我还是取出手机，给司马姗姗发了一条短信："陈彼得为什么要杀我和鲁平？"

司马姗姗脸上的表情一下子变得严肃起来，她看了看我，这才低低道："一句话说不清。"

我看着她脸上沉重的表情就知道事情严重，她绝不是跟我开什么玩笑，我的心也沉重起来。不过在一个女孩子面前，我不能让她看出半点怯懦，我微微一笑："我叫王看山，我父亲给我起这名字，是让我看山不是山、看水不是水——你明白我的意思吧？"

司马姗姗聪慧如斯，眼睛转了转，慢慢点了点头："是不是泰山崩于前而不变色，洪水加于身而不动摇？"

我点点头。司马姗姗会心一笑。我心中对司马姗姗的好感又多了几分，只感觉这个女孩子冰雪聪明。

我和司马姗姗又坐了一会儿，感觉时间过去了半个小时，这才起身沿着小径继续往前。这一次，金刚在我们身前带路。约莫又走了一个小时，前面小径已然消失，只有被前面众人踩倒的一棵棵杂草在告诉我们，陈彼得等人所去的方向。

我和司马姗姗跟在金刚背后，深一脚浅一脚地迈步向前，走了一个小时，感觉却仿佛过了好几个小时。

就在我们绕过一块巨大的花岗岩之后，一片松林呈现在我们面前。看样子，似乎到了陈彼得在省博物馆密室里面提到的那一处松林。我的心有些紧张起来，脚步跟着也快了许多。

走了这么长的路程，本来已经疲惫的双腿此刻居然因为有了希望，也变得轻快了许多。

我和司马姗姗、金刚快步前行，进到松林之中，沿着前面陈彼得等人踩出的足迹一路往前，再次走出半个来小时，前面隐约看到了几个人影。凝目细望，那几个人影正是陈彼得等人。只见那几个人一个个抬头仰望，似乎在他们面前有什么特别奇怪之处。

我和司马姗姗、金刚快步走了过去，来到众人身后，顺着众人的目光向上面望了过去。这一望之下，我的心也是猛地一震。面前的情景太过震撼。只见松林前方，一面光秃秃的石壁之上，阴刻着数百枚大字，被阳光一映，竟仿佛要从石壁上跃然而出。那数百枚大字正是昔年初唐四杰之首王勃所写的那一篇《滕王阁序》。

　　豫章故郡，洪都新府。星分翼轸，地接衡庐。襟三江而带五湖，控蛮荆而引瓯越。物华天宝，龙光射牛斗之墟；

人杰地灵，徐孺下陈蕃之榻。雄州雾列，俊采星驰……

一个个字足足有碗口般大小，每一个字似乎都被工匠用尽平生力气雕刻进这石壁之中。

此前虽然在省博物馆的密室之中听陈彼得说起过这松林石壁，但来到此处，亲眼看到这石壁，我的心里还是宛如雷击一般。一千多年前璀璨如星辰般的文字蓦然入目，那一刻的震撼，无以言表。

我不知不觉从陈彼得和王理事二人中间穿了过去。往前数步，站到松林石壁前。距离石壁又近了许多，此刻我的感受似乎更直观了一些。那一枚枚阴刻大字仿佛要撞入我的眼帘。

王理事喃喃自语："原来真的有这么一面石壁。"

陈彼得道："都是北斗七星的人，我怎么会欺骗诸位？"

随后众人沉默良久，这才听到司马奕沉声道："陈兄，还是让这位鲁兄弟动手吧。"

我转过身，只见司马奕、陈彼得、金刚、罗汉几人的目光全都落到了鲁平身上。只有王理事望着面前的石壁，眼中满是痴迷状。

司马姗姗来到石壁前，伸手在那字上细细抚摸。鲁平走到石壁前细细打量，我们谁也不敢打搅他，生怕惊扰了他，打乱了他的思路。

大概十分钟之后，鲁平才转过身来，目光从我们几人身上一一掠过，缓缓道："你们看出什么端倪了吗？"

我听他话中有异，于是再次打量起那松林石壁。心中也是默默念诵："台隍枕夷夏之交，宾主尽东南之美。都督阎公之雅望，棨戟遥临；宇文新州之懿范，襜帷暂驻。旬休假，胜友如云……"

咦，这里应该是"十旬休假，胜友如云"，怎么这里少了一个十字？

我心中一动，向下继续念诵。我发现念到下面这一句"落霞与孤鹜齐飞，秋水共长天一色"的时候，这个"一色"的"一"也没有了。我心里"咯噔"一下，继续向下念诵，整篇《滕王阁序》下面倒是没有任何异常，只是少了一个"十"，一个"一"。

　　缺一少十？我心里一惊。这石壁上的《滕王阁序》难道和鲁南十方小镇上我老家门廊柱子上拓印的那几个数字有关？

第九章
石壁机关

我转过身看向鲁平。鲁平面无表情，正自打量着众人。看到我转身，鲁平眼中露出一丝惊讶，那惊讶一闪即逝。

王理事睁着双眼，在石壁上不住逡巡，口中喃喃道："有什么不一样？"

司马奕慢慢开口道："这石壁上好像少了两个字。"

王理事急忙转头道："司马兄，少了哪两个字？"

"这里应该是'十旬休假'，少了一个'十'字，然后你看这里，"司马奕指着石壁，右手食指指向"秋水共长天一色"道，"这里少了个'一'字。"

王理事睁大眼睛，仔细看了看，脸上这才露出一些羞愧："岁数大了，眼睛不好使了。"

陈彼得转过身，看向鲁平问道："少的这两个字有什么讲究吗？"

鲁平缓缓道："少的这两个字，一个是'一'，一个是'十'，有个成语叫作'缺一少十'。"

顿了一顿，鲁平继续道："陈先生的九龙杯杯底写的阿拉伯数字，是2345，前面少了一个1，所以缺一少十的'一'就应在这里。"

陈彼得和王理事、司马奕三人相互对望一眼，有些半信半疑。

鲁平似乎看出了众人心中的怀疑，脸上露出了一丝淡淡的微笑："你们不相信也难怪，因为这九龙杯本来是一对，这一只杯底刻的是2345，另外一只杯底刻的是6789，这对九龙杯原本叫作大明洪武羊脂玉九龙阴阳公道杯。这一只是阴杯，数字是阴刻在杯底，另外一只是阳杯，数字是阳刻在杯底，阴不见阳，那一只阳杯就不知道在哪里了。"

鲁平环视众人，继续道："这九龙杯杯底的数字，所指的缺一少十，其实就暗扣在'一'和'十'这两个数字上。这两个数字对应的就是石壁上这一篇《滕王阁序》文字的序列。一对应的就是这个'豫'字——"说罢，鲁平走到陈彼得身前，伸出一只手道："给我。"

陈彼得一怔，奇道："什么给你？"

鲁平沉声道："九龙杯。"

我一呆，心道："那只九龙杯不是捐赠给省博物馆了吗？"

陈彼得迟疑了一下，这才从背包里面小心翼翼地取出了杯子，那只杯子古色古香，正是我昨天在省博物馆看到的九龙杯。

我心中大惑不解，难道这陈彼得根本就没有捐赠九龙杯？抑或是捐赠的时候，将那九龙杯调包了？

只见鲁平伸手接过那只九龙杯，眼里一亮，随后仔细看了看那九龙杯。端详了大约两分钟之后，鲁平这才迈步走到松林石壁跟前。陈彼得给罗汉使了一个眼色，罗汉随即迈步来到鲁平身旁，一来监视，二来是为了保护那只九龙杯。

这一切众人都看在眼里，谁都没有说话。鲁平也没有出声，而是手持九龙杯，双眼盯着那面石壁，凝目而望。过了一会儿，鲁平这才将那九龙杯递到罗汉手中，跟着迈步走到"豫章故郡"四个大字跟前。随后伸出双手牢牢抓住豫字，沉声道："古时候奇数为阳，阳为正，所以这个'豫'字就是正转。"

鲁平伸手使劲转动，"豫"字缝隙之中的沙土纷纷掉落，"豫"字转动一圈后，在原来"豫"字的地方居然出现一个圆心槽印。圆心槽印之中还有几个宛若数字的槽印。

众人都是一怔。我心中一动，再次凑了过去，凝神细看，那几个数字似乎是倒过来的阿拉伯数字——2345。

随后鲁平从罗汉的手里郑重接过九龙杯，倒转杯身，居然将那九龙杯缓缓塞入圆心槽印之中，跟着伸手在九龙杯的杯底用力拍了拍。

王理事脸上肥肉颤动了一下，着急道："鲁兄弟，你慢点，这个九龙杯可是大明朝洪武年间的东西，损坏了这天下可找不出第二只了。"

鲁平闷声道："坏不了。"

王理事还是叮嘱道："那你也要小心点。"

陈彼得在一旁却没有说话，而是紧紧盯着鲁平的一举一动。鲁平向后退出去一米开外，静静地看着石壁上的九龙杯。只见过了一分钟，九龙杯上那四张垂下的龙口中居然流出一缕缕细沙来。细沙越流越快，落到地面慢慢堆积成沙堆。

就在众人目瞪口呆的时候，这石壁后面发出咯咯声响。片刻之后，这石壁上竟然现出一扇石门来。我心头猛地一震，这《滕王阁序》居然是打开石门的关键，而那九龙杯居然就是石门的密钥。

石门缓缓打开，向一侧延展开一米五六左右，这才停止。随后石壁上便显现出一个高约两米、宽约一米五六的黑黢黢的洞口。洞里面散发出一股腐烂的气息。王理事连忙招呼众人后退。我们退出数米开外，这才停了下来。抬眼望去，只见洞里面冒出一些雾气。那雾气在阳光的映照之下散发出奇异的七彩之色，宛如霓虹。

王理事脸上微微变色，口中喃喃道："这世上越是美丽的东西越是害人。大家小心点，可千万不要靠近。"

陈彼得喃喃道："原来九龙杯杯底那四个阿拉伯数字的秘密竟然是这个……"

鲁平脸上露出了罕见的笑容，这笑容里面却有些不屑："陈先生，这九龙杯就是一把钥匙，只不过这把钥匙的秘密只有我们鲁家人才知道，其他人得到这九龙杯意义不大。"他一边说着，一边将九龙杯取了下来，接着对陈彼得道："这九龙杯还有一个用处——一会儿到了下面再说。"

鲁平伸手指着那黑黢黢的洞口，缓缓道："陈先生，这洞下面你们要不要去看一看？这洞里面可能不止这一只九龙杯，说不定还藏着多少件富可敌国的珍宝呢。"说罢，鲁平的目光落到陈彼得的脸上，似乎在等他做决定。

我心里暗道，这个鲁平肯定是要下去的。

陈彼得看了看身旁众人，这才沉声道："鲁先生说得不错，既然如此，那就麻烦鲁先生跟我们下去一趟。这洞里面要是真的有宝藏，那么我们就和鲁先生二一添作五，怎么样？司马兄、王兄有没有意见？"

王理事皱眉道："这个不好吧？这洞里的东西要是有，恐怕就是价值连城的东西，咱们轻易据为所有，岂不是暴殄天物了？我看咱们不如取出来，交给周馆长。"

陈彼得没有理睬他的话，而是转过头来看向司马奕："司马兄，你的想法呢？"

司马奕也是缓缓摇了摇头："我没有意见。"

"好。"陈彼得点点头，随后转过头看向我，"小兄弟你呢？有什么想法没有？"

我微微一笑："陈先生，我就是跟着大家伙来这梅岭玩一圈的，我什么意见都没有，什么想法也没有。"

陈彼得点点头，看向鲁平："鲁先生，大家都没有意见，你就带大家下去一趟吧。要不然八十万就在石壁上开了一个门，恐怕也说不过去，你说是吧，鲁先生。"

鲁平眼珠转动，迟疑了一会儿，这才点了点头："没问题，不过丑话说在前头，这个石碑藏洞我也没有下去过，下面到底是什么样子，我也是一概不知。咱们都是摸着石头过河，可别到了下面，出现什么危险，再埋怨到我的头上，这个我可承担不起。"

陈彼得摇摇头："鲁先生你放心，到了下面，是死是活，谁都不会埋怨你。"

鲁平点头："跟我来。"

石碑藏洞里面的腐败气息慢慢散去。鲁平径直走到洞口前，然后迈步走了下去。不一会儿的工夫，整个身形便都消失在黑黢黢的洞口之中。

罗汉看了一眼陈彼得。陈彼得沉声道："金刚留在这里警卫，罗汉跟着我们一起进去。"随后他也跟着下去了。

王理事迟疑了一下，还是迈步走了过去。我们几个人也来到洞前。只见洞口里面是一条斜向下的石梯。石梯尽头，一个黑黢黢的身影此刻正站在下方，抬头望着我们几人。

那个人影整张脸都笼罩在黑暗之中，看不清是什么人。

王理事忍不住问了一声："鲁先生？"

那个人影"嗯"了一声。王理事这才沿着石阶小心翼翼地走了下去。我和司马姗姗、司马奕、陈彼得、罗汉五个人则跟在王理事身后，也走了下去。

整个洞窟里面阴暗潮湿。来到洞底，站在泥土之上，我的心这才稍稍放松下来。抬眼四望，这洞底距离上面足足有十来米高。我此刻身处一处四四方方的石室之中。石室一侧，靠东面居然也有一篇《滕王阁序》，只不过这一次却不是全篇，只刻着短短十几句。

豫章故郡，洪都新府。星分翼轸，地接衡庐。襟三江而带五湖……

鲁平走到那一个"分"字跟前，伸手将"分"字上的青苔擦拭了几下，随后双手把住"分"字，轻轻逆时针转动。

转动片刻之后，那"分"字移开的部位居然也出现一个圆心槽印。圆心槽印之中也有四个倒过来的阿拉伯数字。鲁平随即将那九龙杯嵌入石壁圆心槽印。

咯咯声再次响起，跟着我们头顶上方那一眼洞口天光慢慢缩小。我们都情不自禁抬头仰望，只见头顶上那扇石门慢慢关闭。我们这才明白，原来这九龙杯在石碑藏洞外面可以开启石门，进到这藏洞里面，便可以关闭石门。

随后脚步声响起，金刚蓦地奔到洞口跟前，脸上现出惊惶之色，向着洞里大声喊道："陈总！"

陈彼得在洞底沉声道："我们没事，你在外面守着。"

金刚这才松了一口气。随着石门缓缓关闭，最后一眼天光也随即消失。整个石室顿时陷入一片漆黑。紧接着，黑暗之中，一束光亮了起来。接着就听到罗汉沉声道："鲁先生，往哪里走？"

我抬头望去，只见罗汉手中已经拿出一枚强光手电。鲁平居然已经在这瞬息之间，悄无声息地移动到了数米开外。

我心里一沉，刚刚还看到鲁平在罗汉身旁。他为什么要这么做？只见鲁平脸上神色不变，沉声道："大家跟我来吧。"随后迈步向石室门外走了过去。

罗汉身形一展，奔到鲁平身前，伸手道："鲁先生，那九龙杯没用了，还是放在我身边保存比较好。"

鲁平看了看那九龙杯，犹豫一下，还是将那九龙杯递了出去："这九龙杯你们可要拿好了，千万别丢了，丢了咱们可出不了这藏洞。"

罗汉点点头，将那九龙杯再次交到陈彼得手中。陈彼得看了看，随后小心翼翼地将九龙杯收回背包中。

鲁平转过身，向前面走了过去。王理事、司马奕、罗汉紧随其后。陈彼得也取出了一枚手电，手臂轻抬，照了一下石壁上的那个"分"字，眉头动了一下，这才转身，向门外快步走了过去。

我抬头望去，只见那个"分"字已经不知道何时归于原位。我心中一动，这石壁机关做得也算是巧夺天工了。石室门外，是一条狭长的通道，通道两侧左右相对，各有三间石室。通道尽头则是一间四四方方的、更为巨大的石室。石室上方是圆形，看样子是暗合古人"天圆地方"的理念修建而成。

我们在通道两侧的石室里面探查一遍，发现那几间石室里面除了几个破旧的坛坛罐罐，便没有什么东西了。最后倒是在那天圆地方的石室里面发现了一口古怪的石棺。那石棺足足有两个普通棺材那么大，棺盖也是用厚重的青石所做，整个石棺上并没有任何花纹雕饰。

鲁平站在石棺之前，不住打量。罗汉皱眉道："陈总，要不要把这个石棺打开？"

陈彼得看向鲁平："鲁先生你看这个石棺用不用打开？"

鲁平沉默半晌，这才缓缓道："打开吧。看看这棺材里面都有什么，要不然咱们这些人岂不是白跑一趟？"

陈彼得这才点点头，招呼道："那就麻烦鲁先生和这位小兄弟。罗汉你也搭把手。"

我左右一看，这里似乎只有我和司马姗姗最年轻，其次便是三十来岁的罗汉。鲁平四十来岁，看上去体魄也是十分强壮，其他三人都是六七十岁的老头了。这几个人里面，自然只有我和罗汉、鲁平三人最为合适。

我随即走到石棺棺尾，罗汉也走到我这一边。鲁平看了看，走过来说："这石棺不像木棺，没有钉子，估计只是沉重一些，咱们三人合力抬一头，将这棺盖移开半尺就可以看到里面有没有什么东西了。"

鲁平、罗汉和我三个人都站在石棺一侧，同时伸出双手扣住石棺棺盖，跟着用力向一侧掀开。甫一掀开，我们便闻到一股奇异的香气。这香气极其浓郁，从石棺中猛地冲了出来。

众人都是一怔。陈彼得沉声道："大家退开。"脸上神情像是如临大敌。

众人随即向后退开数步。香气慢慢散开。石棺之中并没有其他异常。王理事忍不住迈步上前，走到石棺跟前，探头望了过去。这一望之下，立时"咦"了一声，似乎发现了什么奇怪的东西。

陈彼得快步走了过去。我看了看司马奕，只见司马奕一动不动。

司马姗姗看了看她爷爷，见她爷爷没有立即上前，司马姗姗随即也停住了脚步。

我心中嘀咕："这司马奕倒是沉得住气。"

陈彼得迈步走到石棺跟前，探头看了看，这才回过头来招呼我："王兄弟，你也来看看这个——"

我听到陈彼得叫我，知道躲不过去，当下闻了闻，感觉空气里香气已然散得差不多了，这才走了过去。走到石棺前，石棺里面的香气依然很浓。我皱了皱眉，抬眼望去，只见石棺之中，躺着一具身穿道士服装的男子尸体。道士右手旁放着一本书，左手旁放着一枚摇铃。再凝神细看，我这才发现那道士脸庞竟然似是木头雕刻而成的。

我心中大奇，低头看了看，那道士露出的两只手也全都是木头所制。我使劲嗅了嗅，忍不住道："这是沉香木。"

王理事盯着尸体，慢慢道："小伙子说得不错，这的确是沉香木，而且是沉香木里面的奇楠。"

我一呆，这奇楠极为难得。奇楠是沉香木的一种，是从梵语而来。唐代佛经里面叫作多伽罗。奇楠的成因和沉香一样，只是两者的形状有很多差异。有的人说，要修三辈子的阴德才能闻到奇楠香。想不到的是，我居然在这梅岭松林石壁下面的藏洞里看到了奇楠沉香木。这沉香木极其珍贵，而奇楠又是沉香木里面的极品，这么一整块雕刻成人形的奇楠沉香又是极品里面的极品。陈彼得这一趟梅岭之行可没有白来。

我抬头望去，只见一刻钟的工夫，司马奕、司马姗姗、鲁平全都来到了这石棺跟前。鲁平呼吸也变得急促起来，就连一向冷静的司马奕脸上也是微微动容。这也难怪，这么一大块奇楠沉香搬出去可以说是价值连城。

我眼睛一瞥，忽然发现人群中少了一个人，罗汉去了哪里？我一怔，目光转了过去，这才发现罗汉居然悄无声息地跑到石室的东南角，点燃了一根蜡烛。

过了一会儿，罗汉快步走了过来，来到石棺跟前，看向石棺里面。我低声道："寻龙千万看缠山，一重缠是一重关。"

罗汉一呆，抬头看我，口中喃喃道："关门若有千重锁，定有王侯居此间。咦，你也是？"一句话还未说完，忽然住口。罗汉似乎想起了什么，脸上满是诧异，跟着急忙转过头去。

司马奕转过头看了我一眼，目光之中也露出了一丝诧异。陈彼得没有转头，但是我看到他的脊背忽然挺直了一下，随后又恢复成微微前倾的样子。我心里已经有了一些推测。这个陈彼得的保镖一定是一位摸金校尉，只有摸金校尉才会在进入墓室时，在墓室的东南角点上一根蜡烛。据说是开馆取宝的时候，如果棺主人同意的话，那么便不会有什么异常。如果棺主人不愿意，便会诈尸。所谓"人点烛，鬼吹灯"说的就是这个意思。不过这都是无稽之谈，不必较真。

摸金校尉始于三国时期，乃是曹操首创，专司倒斗摸金，所得财物用来充军饷。这个门派也是由来已久，干这种钻穴入地的勾当，向来是他们所长。陈彼得将他网罗过来，自然是看中了他这一手倒斗摸金的好本领。

此时此刻，这小小的石室里面会聚了摸金校尉、缺一门还有我们北斗七星一脉的几位同门。看来好戏已经上演。

众人站在这石棺前，看着石棺里面的人形奇楠沉香，久久不语。毕竟，见过一小块奇楠沉香的估计也就只有王理事这么一个人，我经营古董店这么多年，都没有遇见过一次，更何况是这么大一块奇楠沉香木。

我看看看着，忽然感觉脑袋一阵晕眩。我心中奇怪——没有听说这奇楠沉香能够让人晕眩啊，这是怎么回事？我身子一晃，慢慢倒在地上，只觉得周身没有力气。我试着抬了一下手，也是抬不起来。幸好脑袋还能稍稍转动。我看了看四周，这才骇然发现，原来身旁的司马姗姗、司马奕、鲁平等人全都晕了过去。又过了一会儿，我只觉得眼皮越来越沉，迷迷糊糊之中昏睡了过去。

再次醒来的时候，我只觉得周遭一片漆黑，什么都看不到。我忍不住伸出手去，四处摸索。身子虽然还是软绵绵的，没有多少力气，但是毕竟能够自如行动，我心里还是稍稍安定了一些。我的手摸到左边的时候，摸到了一个软绵绵的东西，跟着就听到一个女孩子"啊"的一声惊呼。紧接着就听到那女孩子颤声道："谁在那里？"

听到这女孩子的声音，我的心里又是一阵放松。这个女孩子正是司马姗姗。

我低声道："是我，司马姑娘。"

司马姗姗定了定神，这才问我道："王大哥，是你？"听她的声音，也是镇定了不少。

我沉声道："是我。"

司马姗姗道："刚才你那一下，吓死我了。"

我心中一动："刚才我摸到了一个软绵绵的东西，不知道是什么……"一念及此，我的脸唰地红了起来。

我结结巴巴道："司马姑娘，刚才不好意思啊！"

司马姗姗默然不语，过了好一会儿才低声道："我没有怪你。对了，王大哥，咱们现在在哪里？"

她这一问，也把我问住了。是啊，我们现在到底在哪里？

第十章
困于石室

我摸了摸自己身上，那个背包居然还在。

我将那背包取了下来，慢慢打开，黑暗之中，一阵摸索。随后一阵失望涌上心头。原来这背包虽然还在，但是背包里的东西只有一把尺子，还有一枚我用来给别人定位、勘验古建筑的罗盘。

我想了想，问司马姗姗："司马姑娘，你身上有没有带打火机、手电筒一类的东西？这里面太黑了，什么都看不见。"

司马姗姗不好意思地道："我也没有，王大哥。"

我皱了皱眉，鼻子四处嗅，黑暗之中，只闻到一阵淡淡的香气。似兰似麝，好闻至极。我心中一动，慢慢站起身来，向前摸索过去，片刻之后，便摸到了一个冰凉的东西，那熟悉的手感让我一下子醒悟过来。

我手边摸到的正是那口石棺。我的心一下子又沉了下去——既然摸到了石棺，那么我和司马姗姗就一定还在原来的石室之中。

陈彼得、罗汉、司马奕还有鲁平他们几个人去了哪里？

我忍不住大声喊道："陈先生，司马先生，你们在吗？"

石室之中空空荡荡，根本没有人回应。我的心更加紧张起来。我再大声喊了几下，还是无人回应。

司马姗姗颤声道："王大哥，他们是不是走了？"

我心中苦涩。看这个情况，那几个人的确是走了，只留下我和司马姗姗两个人在这里。我不知道该怎么回答司马姗姗的问话。

石室之中，一片死寂。司马姗姗默然一会儿，这才喃喃道："王大哥，咱们现在怎么办？"

我哭笑不得。我怎么知道怎么办？看样子那个陈彼得和罗汉是拿着九龙杯钥匙离开这里了，就是不知道那个王理事和司马奕是什么时候离开的。他们二人和陈彼得是不是一伙的？司马奕难道是出了什么事情，这才抛下司马姗姗？这其中有太多的问题。

我感觉有些头大。我总感觉被人下了迷药，至于是谁下的，一时半会儿还猜不出。昏迷之后，这石室里面发生了什么事情我一概不知，只能推测。

司马姗姗知道陈彼得意图对我和鲁平不轨，那么这一切便极有可能是陈彼得操纵出来的结果。我和司马姗姗不知不觉中中了陈彼得的迷药，只是不知道鲁平如何了，是不是也遭了陈彼得的毒手。

我忍不住在这石室中大声喊了几句："鲁先生——"石室里面还是无人回应。我心中一凉，感觉这个鲁平应该也遭了不测。

接下来该怎么办？我心中也是茫然无措。这石室机关按照鲁平所说，需要那只九龙杯钥匙打开关闭。陈彼得既然离开这里，那么肯定将那只九龙杯带走了。这间石室此刻便如同一座永远封闭的囚牢一样。

我和司马姗姗如果没有外力来救，那就只有在这囚牢里面等死了。我心里茫然一片。黑暗之中，只觉得一只柔若无骨的纤纤小手伸了过来，轻轻握住我的手掌。

司马姗姗柔声道："王大哥，我觉得咱们一定能够出去。"

听到司马姗姗反过来安慰我，我心里一阵感动——我这么一个大男人，此时此刻，居然被一个小姑娘安慰，我心里又是感动，又是惭愧。

我低声道："司马姑娘，你说得对，咱们一定能够出去。"

石室中待久了，我又有一点头晕。我知道石室里面的氧气越来越少了。我松开司马姗姗的手，觉得还是要寻找出路，总不能在这里等死。我凑到石棺跟前伸手摸了一下，看看奇楠沉香木是不是已经被陈彼得拿走了。

谁知道一摸之下，居然摸到了一只手。这只手绝对不是奇楠沉香木制成的！这只手是活人的手！

我心头一震，急忙松开手，然后向后倒退数步，黑暗中我一把拉住司马姗姗的手臂，再次向后退去数米。

司马姗姗道："怎么了？王大哥？"

我的心依旧狂跳不止："这棺材里面有人。"

司马姗姗也是吓了一跳，她的另外一只手伸了过来，紧紧抱住我的臂膀，颤声道："王大哥你……你刚才不是说这里面只有咱们两个人吗？怎么……怎么还……还有人？"

我心中暗道："谁知道，那棺材里面居然还藏着一个人。"

司马姗姗颤声道："是……是活人还是死人？"

我心中郁闷："这个问题我还一时半会儿真的回答不了。"

刚才我伸手入棺中，摸到那只手冷冰冰的，可不像是活人的手，只是不久前我们几个人明明查探过，这石室里面除了一具人形奇楠沉香木，并没有什么死人。

我定了定神，告诉自己——身为北斗七星的人绝对不能害怕。我咳嗽了一声，然后大声道："谁在棺材里面？"

无人回应。

我壮了壮胆子，再次大声问道："谁在棺材里面，别装神弄鬼，你王爷爷可不怕这个。"

石棺里面依旧没有半点声音。司马姗姗颤声道："王大哥，是……是死人。"

我安慰她："死人我也不怕，鬼我更不怕，你忘了，我是北斗七星开阳一脉的人，我们开阳一脉专门给人勘验阳宅。开阳一脉的人身上阳气都特别旺盛，鬼见了都会退避三舍的。"

我这句话刚刚说完，石棺里面突然传出一个声音："你是重阳节上午九点生的，对不对？"

这个声音正是那缺一门传人鲁平的声音。我一呆，听到鲁平的声音，心里一块石头落了地——石棺里面那个毕竟不是死人。只是他为什么躲在石棺里面？而且我三番两次询问，他为什么不说话？

我心里有气，反问道："姓鲁的，你故意躲在里面吓唬我们是不是？"

鲁平声音更加急促："你叫王看山，你是重阳节上午九点在庐山脚下一个旅店里面出生的，是不是？"

我心中奇怪："我出生这件事，很少有人知道。"

我的确是在重阳节那天出生的，也的确是在上午九点，在庐山脚下一个叫作太白旅店的旅馆出生的，这一切他是怎么知道的？

我父母很少跟人提起。知道这件事的人寥寥无几。那几个人我都认识，鲁平却是我在滕王阁认识的。这是怎么回事？

鲁平见我不说话，也沉默了下来。我不知道他葫芦里面卖的是什么药。过了好一会儿，石棺里面蓦地一亮。鲁平手持一支手电，慢慢从石棺里面站了起来，手电照着鲁平那张冷漠的脸。奇怪的是，鲁平的眼中似乎有一丝激动的神情。

鲁平看着我，仔细打量了一会儿，缓缓道："你果然是王江河的儿子。"

我听鲁平声音里面没有敌意，这才放下心来："你认得我父亲？"

鲁平道："岂止认识？你父亲是我最好的朋友。"

我忍不住问道："鲁先生，你怎么在石棺里面？刚才究竟发生了什么？"

鲁平眼睛里面生出一丝怒气，过了好一会儿，他才告诉我刚才发生的事情。原来我晕倒之后，司马姗姗、司马奕、王理事、罗汉、陈彼得也相继晕倒。

陈彼得手中的手电掉在地上。鲁平见众人全都晕了过去，随即也假装晕倒，过了大约五六分钟，他就看到罗汉第一个站了起来，接着是王理事。

王理事看到陈彼得，"嘿嘿"笑道："小陈，不用装了，那几个全都晕过去了。罗汉点的这个什么'鸡鸣五谷返魂香'真厉害啊！我估计就算是大象到了这里，闻到这香味，也会晕倒。"

陈彼得果然慢慢站了起来，手中还握着一支手电。陈彼得在剩下几个人身上照了一遍，这才走到一旁，用九龙杯打开机关，将金刚也叫了下来。随后吩咐金刚抱着奇楠沉香木，罗汉背起司马奕。

王理事问了一句："司马奕这个孙女怎么处理？要不要我抱

出去？"

陈彼得摆了摆手："司马奕还有用，这个孙女是个累赘，就留在这里陪葬。"说这句话的时候，陈彼得脸上都是冷冰冰的。

陈彼得等人离开藏洞之后，又在上面将藏洞机关关闭。鲁平不知道我到底是谁，而那陈彼得又为什么要将我困毙在这藏洞之中，是以这才躲入石棺。躲入石棺前，他顺手将一支手电拾了起来。待听到我和司马姗姗的对话之后，这才知道我是王江河的儿子，鲁平这才出来相见。

司马姗姗听完之后，脸色苍白如纸，颤声道："我们司马家和他陈彼得无冤无仇，他们为什么要这样对我？"

鲁平沉声道："你没听到我刚才说的？你爷爷对他们还有用，你对他们来说就是累赘，他们行动的时候带着你很不方便。"

司马姗姗泫然泪下："我爷爷他是不是很危险？"

我心里暗道，这还用说？只是陈彼得他们既然得到了这具人形奇楠，还要去哪里？

我忍不住询问："鲁先生你说的这个行动是指？"

鲁平一字字道："陈彼得他们还要找出这九龙杯的秘密。"

九龙杯的秘密？这九龙杯不是一把钥匙吗？难道九龙杯还藏着其他不为人知的秘密？

第十一章
九龙杯

鲁平看着我："你父亲没有跟你说过这九龙杯的事吗？"

我摇摇头。自从我长大以后，我和我父亲几乎很少见面，更遑论什么九龙杯的事情了。鲁平告诉我，缺一门自从祖师爷鲁班创立以来，门下一直人丁稀少。缺一门一直秉持门下弟子贵精不贵多的原则，也不大肆扩充门人弟子。门下弟子行事也是独往独来，是以给人一种神秘感。江湖上对缺一门也是褒贬不一，缺一门弟子倒也不太在乎这些事，依旧独来独往。他们不结交官府，这也是缺一门的一条门规，只不过这一条门规却在元末破了规矩，因为那一代缺一门掌门鲁启明认识了一个和尚。

这个和尚还是一个丑和尚。这个丑和尚只是皇觉寺的一个小小行童，每天打扫寺庙，被大和尚呼来喝去。小和尚叫朱重八，在皇觉寺做了五十天的行童之后，便被大和尚指使，离开皇觉寺，四处化缘为生。朱重八离开皇觉寺的第一天，便遇到了鲁启明。当时的鲁启明正坐在一户人家的门廊之下，懒洋洋地晒着太阳。

朱重八看他一身脏兮兮的，又没了一条腿，心生怜悯，于是就去一旁的馒头铺化缘。馒头铺老板看他可怜，便给了他一个馒头。朱重八没有舍得吃，将这个馒头递给了鲁启明。

鲁启明奇怪："小和尚，你自己为什么不吃？"

朱重八咽了咽唾沫："你身子不方便，你先吃吧，我还可以去别处化缘。"

鲁启明见这小和尚长得虽然丑，但是心地善良，心中感动，片刻之后，他便把馒头吃下了肚。

朱重八还在一旁告诉他，不要急，慢慢吃，不够的话，他再去化一个馒头来。

鲁启明谢过朱重八，然后将三枚箭头递给朱重八，并且告诉他，只要拿着这箭头，就可以前来找他，他会给拿着这箭头的人办三件事，哪怕这三件事难如登天，他也绝对会赴汤蹈火、不惜一切去完成。

朱重八不太相信，眼前这个缺了一条腿的人能够给他办什么事情。鲁启明告诉他，他是缺一门的掌门。

朱重八哪里听过什么缺一门这个门派，当下还是半信半疑，于是问道："日后拿着这箭头去哪里找你？"

鲁启明告诉他，日后只要他或者其他人拿着这鲁班矢，去任何城市找到任何一个木匠，只要木匠看到这枚鲁班矢，就一定会给他传信到缺一门，缺一门的人自然就会主动联系他，为他办任何事情。

朱重八这才知道这枚箭头叫鲁班矢。鲁启明站起身来，飘然而去。

朱重八看着适才还躺在地上、仿佛快断气的老乞丐，居然转眼间便站了起来，且在无人扶持的情况下，一条腿在地上瞬息间飘出数丈开外。再一眨眼，那个老乞丐居然无影无踪了。

看到这一幕，朱重八这才相信自己是遇到神人了。朱重八小心翼翼地将那鲁班矢收了起来。他告诉自己，不到万不得已，绝不使用这鲁班矢。

后来，朱重八四处游走，慢慢长大，一路做到镇抚。这数年之中，朱重八虽然身经百战，历尽千难万险，但依旧未曾使用这鲁班矢。直到后来，朱重八被郭子兴下入深牢大狱之中，其妻马氏前来探监。朱重八感到自己如果不借助外力，恐怕这一次难以脱身，于是决定用一次鲁班矢。

朱重八悄悄让马氏从家中卧室的衣柜里面取出一枚鲁班矢，前往城中最大的木匠铺鲁记，将那鲁班矢交给鲁记木匠铺的老板，让他们想办法搭救自己。

马氏领命而去。数日之后，朱重八便被释放。朱重八这一次终于知道了鲁班矢的厉害。第二次使用是在数年之后，朱重八和陈友谅大战于南昌。陈友谅造了数百艘楼船，带着六十万水军，尽发精锐进攻朱重八。

朱重八知道这一次是生死之战，赢了，天下便尽归己手；输了，就一无所有。除了陈友谅，其他如张士诚、方国珍皆不在朱重八眼中。

这陈友谅是眼下朱重八最大的敌人。朱重八再一次使用了鲁班矢。鄱阳湖上，万箭齐发，一枚箭头流星赶月一般，射中陈友谅。

陈友谅死的时候，四十四岁。他不知道杀死他的正是一枚鲁班矢……

天下平定，朱重八得了天下，分封诸位兄弟之后，朱重八将最后一枚鲁班矢收入后宫之中，藏在一个锦盒里面。锦盒中有一本书、一枚鲁班矢和两只九龙杯。

听到这里，我忍不住问道："这九龙杯原来是在皇宫之中？"

鲁平点点头，继续讲述那些淹没在岁月里的故事。

朱重八临死前，秘密派人寻找当年赠予他三支鲁班矢的鲁启明。只是时光荏苒，鲁启明早已辞世，缺一门已经换了一位掌门，叫作鲁修成。鲁修成这才知道上一代掌门居然和大明天子有过这样一段缘分。

朱重八想要赐缺一门富贵荣华，鲁修成坚辞不受，并且告诉朱重八，缺一门门下历来如此。缺一门自创派以来，便不是为了获取这世上的财宝为目的。朱重八托孤鲁修成，告诉他，自己死后，长孙朱允炆继位，势必引起其他几位儿子不满，这其中最为厉害的就是四子朱棣。朱重八要鲁修成保护好朱允炆的安全。

鲁修成当时不解，不知道为什么大明朝那么多兵马会保护不了一个朱允炆。当时他面对一个古稀老人，只有答应下来。

朱重八不久去世，朱允炆登基为帝，是为建文帝。朱重八在位期间，两次分封诸王，这其中尤以燕王朱棣势力最大。朱重八死后，朱允炆即位，便即削藩。朱棣知道大难来临，随即起兵造反，一路杀到南京城下。

驸马梅殷拿着最后一枚鲁班矢前往缺一门，找到当时的缺一门掌门鲁修成，请求鲁修成援助。鲁修成随即暗中谋划，但得到消息，谷王朱穗和李景隆投降，南京已经失守。鲁修成带着两名弟子趁着混乱之际闯入皇宫，发现皇宫已是火势熊熊。

大火熄灭之后，鲁修成发现几具烧得焦黑的尸骸，容貌已然无法辨认。宫内太监说，那几具尸骸便是建文帝和太子的尸身。

鲁修成后悔不已，但他始终不信建文帝会自焚而死。一番查探之后，这才发现后宫中有一条地道通向宫外一处小巷之中。

鲁修成怀疑建文帝由这条地道逃之夭夭，于是派手下弟子四处查探，访查数年，一无所获。缺一门自祖师爷鲁班创派以来，首重的就是一诺千金。这一番被驸马梅殷求救，鲁修成却没有做到，作为缺一门掌门，他自感脸上无光，于是在他临终之际留下一条遗命——门下弟子一定要找到建文帝的下落。就算找不到建文帝本人，也要找到建文帝的后人，护他周全。

这条遗命便被一代一代传承了下来。鲁修成临终前还告诉下一代掌门一条极其重要的线索。当年鲁修成查访建文帝的时候，曾经找到一位前朝大内总管。那大内总管告诉鲁修成，太祖皇帝的寝宫里面有一个锦盒，锦盒里面装有两只九龙杯，那大内总管先前听太祖皇帝提起过，那九龙杯是一把钥匙，但是那九龙杯是哪里的钥匙，太祖皇帝却没有说。

再三逼问之下，那大内总管这才说太祖皇帝曾经在一个深夜跟太子说起过一本奇书，名叫《推背图》，太祖说那《推背图》被他分为五份，藏在五个地方，这五个地方暗合金、木、水、火、土五个方位，日后如若朱家子孙有难，可以前往这五个地方，将五份《推背图》勘透之后，找到宝藏，重新开始。只不过那五个地方在哪里，太祖皇帝却没有详说。

鲁修成听完那大内总管的讲述之后，随即再次潜入皇宫中。此时朱棣已经登基，皇宫戒备森严，鲁修成冒着千难万险，终于找到那只锦盒，打开之后，却是大失所望。

原来锦盒之中，只有一本书，那两只九龙杯却不知所踪。鲁修成打开那本书之后，再次失望——那本书竟然是一本无字天书。整本书除了材质显得有些名贵之外，竟然没有半点字迹。

鲁修成后来在京城四处打探，终于得知那两只九龙杯其中的一只被朱棣赐予了和尚道衍。

鲁修成随后又暗中前往道衍府上查找那只九龙杯，只是不知为何那只九龙杯居然不知所踪。

鲁修成返回京城，再次寻找那位曾经透露过只言片语的前朝大内总管，谁知道那位前朝大内总管已经躲了起来。鲁修成费尽千辛万苦，才再次找到这位前朝大内总管。

这一次，这位大内总管却再也不肯吐露任何消息。无奈之下，鲁修成这才表露身份，将缺一门过去与朱重八的缘分一一告知。

这位大内总管在看到鲁修成身上带的鲁班矢之后，这才相信。随即告诉鲁修成，太祖皇帝有一处绝密之地，那个绝密之地只有九龙杯才能打开。

九龙杯上有四个数字，按照数字所示，寻找到数字对应的文字之后，阳转第一个文字，便能够打开机关，进入那个绝密之地。进入之后，要想关闭洞口机关，只要阴转第二个文字，便可以将机关关闭。

只是这个绝密之地到底在哪，这位大内总管却说不出来。毕竟，再亲近，他也不过是皇宫里面一个伺候皇帝的宦官，皇帝不会告诉他所有秘密的。

这位大内总管告诉鲁修成，后宫里面一直有一个传言，说那建文帝在削藩之后，可能是感觉局势有可能失控，于是就派人秘密将后宫里面的宝藏转移到了一个安全的地方，这个地方是不是那个绝密之地，就无人知道了。

建文帝将宝藏转移，估计是怕万一削藩失败，整个江山落入燕王之手，自己还可以借着这一宗宝藏卷土重来。

建文帝在大火之后消失得无影无踪，他本人和那一宗宝藏都不知下落。

鲁修成听完大内总管讲述之后，告诉他，这些事如果被其他人知道，恐怕建文帝和那一宗大宝藏的秘密便多了几个人知道。这样的话，恐怕对流落在外的建文帝不利。

那名大内总管知道鲁修成的意思，于是自缢而死。

这世上知道九龙杯秘密的人就只剩下了缺一门。只不过缺一门知道九龙杯如何使用，但不知道那绝密之地，也就没有了用武之地。鲁修成临终的遗命也就成了缺一门门人弟子一代代的使命。

鲁平自然也是如此。

鲁平是山东人，为了避祸，带着老婆、孩子一路辗转来到江西，租住在这滕王阁景区附近的一处小巷陋室之中。

后来便在滕王阁景区找了一份清洁的工作，每日里在滕王阁扫地，赖以维持生计。而他的妻子则因为体弱多病，在家照顾孩子，做一个家庭妇女。

鲁平闲暇时就会四处寻访那位大内总管口中所说的绝密之地，这十几年来，他走遍了祖国的大好河山，那个绝密之地却连一点影子也没有。

数年前，他妻子得了重病，孩子也无人照顾，无奈之下，鲁平只有将孩子托人送回到自己父亲身边，而他自己则依旧待在滕王阁景区附近，一边打工一边照顾身患重病的妻子。

寻找九龙杯和那绝密之地这件事也就此耽搁下来。直到这一次陈彼得的到来，让他眼前亮起了一盏明灯。

萦绕在他心底几十年的秘密终于有了一点线索，他又可以借着这一次机会，赢取八十万赏金，用来换取他妻子活命的机会。所以鲁平才会在明知陈彼得一定会在进入松林石壁秘洞之后暗算自己的情况下，依旧带着陈彼得进入这绝密之地。

　　只是这秘洞号称绝密之地，想必一定藏了很多不为人知的秘密。可是我们查探了一圈，也没有看出这秘洞有何秘密。除了一块奇楠沉香木，便只剩下一本书和一枚摇铃。

　　我将心里的疑惑说了出来。鲁平带着我和司马姗姗走到那一口石棺跟前，跟着将手电照了过去。石棺之中除了那一本书之外，空无一物。

　　我心里暗骂："陈彼得这个老狐狸，这么财迷，就连那一枚破摇铃也拿了去。就是奇怪，怎么没把这一本书拿走？"

　　我将手伸入棺材里面，伸手抓住那一本书，想要拿起来，谁知道一抓之下，那本书纹丝不动。

　　凝神细看，那本书竟然和石棺棺底连在一起，竟是石头做的。

　　我心里更加奇怪，难道这本书真的是石头做的？可是这石棺齐齐整整，为什么在棺底造这么一本书？

第十二章
《推背图》

　　我放开手，看向鲁平。鲁平正饶有兴致地看向我，似乎猜到我心中的疑惑，鲁平脸上露出一丝淡淡的微笑。

　　"你是不是奇怪这石棺里面放上这么一块石头书干什么？"鲁平说。

　　我点点头。

　　鲁平告诉我："这石头书其实也是一个机关。你看到那个奇楠沉香了吧？不知道你有没有猜到那一具奇楠沉香的来历。"

　　鲁平用探究的眼神看着我，我心中明白他一定是另有所指。

　　我心中快速转动——这一本石头书和那奇楠沉香有什么联系？那奇楠沉香乃是一具人形木雕，那人形木雕又是道士装束，还有那一枚摇铃也是道士所用，石头书没有字——那岂不就是无字天书？看那奇楠沉香的纹理已然久远，怕不有上千年的历史？一千多年前的道士有名的就那么几个，李淳风、袁天罡、孙思邈和陈抟老祖这几个人。

可是这里面，孙思邈号称药王，生平著作《千金方》，是一本济世药典，可算不上什么天书。

陈抟老祖倒是写过几本易理深奥的作品，什么《指玄篇》《易龙图》《先天图》等，这些倒是可以称为天书，不过比起这陈抟老祖的《指玄篇》来说，袁天罡和李淳风二人合著的《推背图》更为有名。

《推背图》据说乃是中华第一奇书，是当年唐太宗李世民为了推算大唐国运，命令当时两个著名的道士李淳风和袁天罡编著的。

传说这袁天罡、李淳风二人精通阴阳八卦奇门术数，道术高深，并具有洞察未来的"天眼神通"。因李淳风夜观天象，结合"武周代唐"之言，于是一时兴起，开始预言推算；李淳风以术数易卦推衍，一经推算起来，便如痴如狂，不可止歇，这一下一发不可收拾，竟然推算到唐朝以后数千年的历史！

袁天罡恐遭天谴，这才急忙走到李淳风背后，伸手用力一推李淳风的背，说道："天机不可再泄，还是回去休息吧！"这《推背图》之名便由此而来。

《推背图》实可以称得上是天书。

这人形奇楠沉香难道是李淳风或者袁天罡其中一人？

我看着鲁平，慢慢道："这道士莫非是木制李淳风？"

鲁平眼中露出一丝赞赏之意，缓缓道："小兄弟你猜得不错，这个道士正是李淳风。"

我心中一动，快速反应过来："这个沉香木做的道士要是李淳风的话，那么这松林秘洞恐怕就不是明朝建的，建造的时间还要早——最起码在唐宋之间。"

鲁平点点头："你说得不错，这座秘洞应该是大唐之后建造的，那九龙杯其实也不是大明官窑所制，应该年代更早。你猜这石头书是什么？"

我听到鲁平话里有话，脑海里一闪，立时脱口而出："这石头书难道也是钥匙？"

"不错，这石头无字天书应该也是钥匙。"顿了一顿，鲁平继续道，"这石头天书既然是钥匙，那么这松林藏洞下面估计还有密室或者其他密道，要不然这石头钥匙就起不了作用了。"

我看着那棺材里面的石头天书，心中竟然有些兴奋。毕竟这个绝密之地如果如原来那样，只有一个人形奇楠沉香木做的李淳风的话，那可就有点名不符实了。

这石头天书另有机关倒是符合我们心中的想象。

转念一想，九龙杯钥匙早就被朱重八收入皇宫之中，那么恐怕这松林秘洞，朱重八早就派人来过无数次了。

既然这样，这绝密之地里面的东西就难说有多少了。

虽然如此，但是想到这松林秘洞下面居然另有乾坤，还是让我兴奋了一下。我看着那石头天书却发起了愁——知道这是一把钥匙，但是如何开启却不知道。

鲁平像是要考较我："小兄弟你来开。"

我有些汗颜，心道："你这不是为难我吗？老子家里的门要是打不开了，还要打个电话将配钥匙的叫过来，这个石头天书上面什么都没有，怎么开？"

不过，鲁平既然选择让我开，我也就只能硬着头皮试一试了，总不能在女孩子面前丢脸，更何况身旁还是一个对我满是崇拜的女孩子。

我老老实实翻入石棺之中，蹲下身去，仔细研究那本石头天书。伸手在上面使劲晃了晃，那石头天书仿佛长在石棺上一样，纹丝不动。

我摸了摸自己的鼻子，抬头看到鲁平脸上似笑非笑。

我心里暗道："这个姓鲁的原来不是一张苦瓜脸，我原来以为他脸上不会有表情，此刻看来他也是一只老狐狸，跟那陈彼得不相上下，只不过这只老狐狸尾巴藏得更深。"

我低下头，看着石头天书，继续琢磨："鲁平这老狐狸让我自己琢磨，肯定有原因，莫非这石头天书钥匙跟九龙杯钥匙一样，需要什么阴转、阳转？"

我于是试着双手使劲抓住这石头天书，慢慢顺时针转动。

石头天书一动不动。

我有些气馁，于是又试着逆时针转动石头天书，谁知道这一次，那石头天书居然真的被我转动起来。

我大喜。司马姗姗也在一旁高兴道："王大哥，真的开了。"

只是这喜悦刚刚开始，那石头天书转了一圈之后，停了下来。石头天书停下来之后，我并没有看到这秘洞四处有何异动。

我心中狐疑："莫非是我的转数不够？这转数是不是又跟那九龙杯里面的数字有关？2345,6789？据那鲁平说这数字是按照阴阳计算的，奇数为阳，双数为阴。那么我逆时针转动应该先两次，然后再顺时针阳转三次，然后再逆时针阴转四次然后再顺时针阳转五次，看看会有什么结果。"

我心中默默计数，按照心中默念的程序，反转两次，正转三次，然后再反转四次，再正转五次之后，就听到石棺之中传来"嗒"的一声轻响，跟着又是"啪"的一声，石棺底部，在我站着的一侧，棺底一块石板落了下去，跟着一个四四方方的洞口现了出来。

司马姗姗"啊"的一声惊呼。我屏住呼吸，向后靠在棺壁之上。秘洞出现之后，一股腐败的尸气从洞里面涌了出来。

我心中一凛："难道这地下秘洞里面有腐尸？"

我急忙翻身跃出石棺。鲁平示意我和司马姗姗躲到一旁。我们三人退出去数米，几分钟之后，那尸气散得差不多了，这才再次凑了过去。鲁平拿着手电筒，向那地洞下面照了过去。

地洞下面并不太深，距离上面的石棺只有三四米的高度。鲁平沉声道："我先下去，看看有什么问题，安全的话你们俩再下来。"随后不等我回答，他便翻身跃了下去。

我和司马姗姗站在石棺前，伸着脖子向下面看。只过了两分钟，鲁平拿着手电站在秘洞下方，抬头对我们说："你们下来吧。"

我心情又是激动又是忐忑，随即再次翻入石棺，纵身跃了下去。司马姗姗跟着也跳了下来，我在下面接住她。

我们二人站稳脚跟，顺着鲁平手电的亮光四处望了过去。原来这秘洞并不太大，只有百十平方米。这秘洞之中依旧是空无一物，只在石室的北面雕刻着一幅幅奇怪的壁画。

我凝神细看，只见第一幅壁画上面画着两个圆环，环环相套。下面有谶，谶曰：

茫茫天地，不知所止。日月循环，周而复始。

谶下面有颂，颂曰：

自从盘古迄希夷，虎斗龙争事正奇。悟得循环真谛在，试于唐后论元机。

我心头一震——这不是李淳风的《推背图》吗？我接着往下面看去。第二幅壁画画的是一盘李子，盘子里面李子堆叠成高高的一摞。

谶曰：

累累硕果，莫名其故。一果一仁，既新既故。

下面还是一首颂，颂曰：

万物土中生，二九先成实。一统定中原，阴盛阳先竭。

我看到这里，已经可以确定这就是李淳风的《推背图》了。这《推背图》第二幅壁画说的是大唐自唐高祖历经二十一帝方才灭亡，盘中李子二十一枚象征的就是大唐的二十一个皇帝。

颂言里面的二九则是指大唐国祚二百八十九年。后面两句阴盛阳衰则是指的武则天当政，祸乱朝政。只不过《推背图》是写在纸上，这样刻在石壁上的我倒是第一次看到。

鲁平缓缓道："小兄弟，你发现这《推背图》上有什么不一样吗？"

我一怔，有什么不一样？那《推背图》我只看过一次，只能凭着记忆慢慢搜索。我沿着这北面石壁，一路往下看去。《推背图》一共六十象，每一象都包含一幅图案，一个卦象，一首谶语，一首颂。

我循着脑海里面的记忆，一一和眼前石壁上面的《推背图》对照。片刻之后，便即发觉，这《推背图》居然少了四个卦象。这四个卦象分别是第二十八象、第三十象、第三十一象、第三十二象。

我告诉鲁平。鲁平点点头："这第二十八象辛卯，讲的是'草头火脚，宫阙灰飞。家中有鸟，郊外有尼'。下面四句颂，说的是'金羽高飞日，邙山踏雪行。真龙游四海，方外是吾家'。你知道是什么意思吗？"

我缓缓道："我当时看到这《推背图》的时候，倒也在网上看到过一些资料，说这第二十八个卦象讲的是燕王起兵，李景隆迎接燕王入南京。宫内大火，建文帝不知所踪。至于那方外是吾家，就不知道何解了。难道是说建文帝就此遁入空门？"

鲁平道："你分析得不错，我当年也和我爹分析过这《推背图》，想到如果按照这《推背图》所说，建文帝一定是遁入空门。那朱棣四处寻找，但唯独没有去各地的禅院寻找建文帝。"

我奇道："难道朱棣不知道这《推背图》的存在？"

鲁平嘿嘿一笑："这《推背图》历朝历代都是禁书，哪个天子敢将这本书广而告之？我估计哪个皇帝看到《推背图》都恨不能焚烧殆尽。那太祖爷看到这密室的《推背图》，还不是将关于大明的四幅图一一损毁？他就怕这《推背图》卦象被别人看到，惑乱人心。"

我们正在议论的时候，就看到石壁上的六十幅卦象竟然慢慢风化。又过片刻，那石壁上的《推背图》纷纷剥落，化为一地齑粉。

我有些唏嘘不已。就在我感叹的时候，鲁平忽然"咦"了一声，似乎发现了什么奇怪的东西。我走到鲁平身旁，顺着鲁平的目光望了过去，只见目光所及的一侧石壁上，随着石壁上《推背图》刻字簌簌落下，竟然隐约出现了一个个阴刻的字迹。这些字竟然刻在那《推背图》下面。

《推背图》字迹不落，这石壁下面暗藏的刻字就不会出现。鲁平将上衣脱下，卷成一团，随后一只手拿着手电，一只手用这上衣卷成的布团在石壁上一顿擦拭。

石壁上石屑纷落如雨，片刻之后，石壁上暗藏在《推背图》下面的刻字便一一显露出来。

我们三人都极为兴奋，谁也没有想到这个松林石洞里面居然洞中有洞。在这第二个石洞中出现的《推背图》已然让我们惊喜不已，而这《推背图》下面居然还另有乾坤。

我们三人望着石壁，从右至左一一看了过去。石壁上寥寥几十个字，竟然隐藏了一个天大的秘密——

第十三章
大宝藏

石壁上的刻字每一笔都入壁寸许，竟似是人手握利器，在石壁上一字字刻出来一样。

每一个字都锋芒毕露。只见石壁上右侧写道："我本淮右布衣，天下于我何加焉？然我朱某乃顶天立地男儿，岂能任由元狗屠戮百姓？某不意来至此地，偶遇秘洞宝藏，推背一图。此图早已昭示天机。某自当顺天而为。王侯将相，宁有种乎？且与西风战一场，遍身穿就黄金甲。笑天下可笑之人，骂天下可骂之人，杀天下可杀之寇仇！"

落款是朱重八。

相隔十来米的北面石壁左侧写道："某十余年后再来此地，洞窟仍在。宝图上昭示应验。此图实乃天下第一奇书。某将一处重宝藏于此真本之中，随后将此图真本分成五份，分置于神州大陆五处所在。此五处所在对应五行方位。线索乃藏于石室之中。《推背图》

集齐，重宝出现。凡我后人，皆可取用。"

这一次却全无落款。右侧石壁刻字锋芒毕露，这左侧石壁刻字却是沉稳大气。看壁上字迹，宛然便是同一人所写。只是右侧石壁刻字深达寸许，而左侧石壁只有浅浅的字迹。

右侧石壁刻字一眼便可见到，左侧石壁却是不甚清晰，要仔细分辨才可以看得出来。显然这石壁上的字虽然是同一人所为，但时间不同，心境也不同。

司马姗姗兴奋道："王大哥，你说这石壁上所说的重宝是什么？"

我看向鲁平，缓缓道："这个重宝应该就是鲁先生刚才所说的那个大宝藏了。"

我心里暗道："他们缺一门为的不就是这个传说中的大宝藏吗？看来朱重八当年纵横天下的时候，一定是找到了那个大宝藏的位置，只不过后来天下已然归于他手，这大宝藏便已然失去了开掘的意义。朱重八看到《推背图》上所示，这才留下了一个线索，以备朱家后人取用。"

鲁平沉声道："不错，我们缺一门这么多年来，找的也是这个大宝藏。"

我一怔，怎么这一次鲁平不掩饰了？

鲁平继续道："鲁修成掌门留下的遗命其实有两条，一条是找到建文帝的下落，另外一条便是找到这座大宝藏。想不到大宝藏的线索居然在这里。"

我心里暗道："你知道线索在这里，就能找到吗？朱重八可不会轻易让你找到。"

鲁平目光转向石壁，缓缓道："小兄弟，你说朱重八说的线索是什么？"

我暗地琢磨："鲁平这老狐狸是考较我，还是想从我口中得到些什么？可是我对这朱重八刻字留下的线索也是一无所知。"

我告诉鲁平："鲁先生，你拿这个手电四处照一照。"

鲁平迟疑了一下，还是拿起手电四处照了一下。这石室之中，并无异状。鲁平来来回回地照了两遍，还是一无所获。

我有些气馁："难道朱重八是故布疑阵，他那么说纯粹是骗人的？"

鲁平摇摇头："朱重八身为一代天子，不会信口开河，只不过咱们没有看出来而已。"

我琢磨了一下，觉得也是这么回事。我们三人又在这石室里面研究了一会儿，感觉石室里面的氧气越来越少。

我苦笑道："鲁先生，看来咱们还是先研究一下如何逃出去的问题，要不然不等咱们琢磨出这石壁上的线索，咱们三人已经在这里窒息而死了。"

鲁平望着我，微微一笑："你有没有想过，你爷爷是如何得到那九龙杯的？"

我心中一凛，不明白鲁平为什么会有此一问。我刚想再问，鲁平忽然"嘘"了一声，示意我不要出声。我知道鲁平一定是发现了什么，于是立即闭嘴，侧耳倾听。就听到头顶上方，那石棺入口传来一阵"咯咯"的声音。

有人正在打开秘洞机关。鲁平脸色一变，低声道："陈彼得那个老狐狸一定是派人下来查看咱们是不是死了。咱们赶紧走。"

只见鲁平迈步走到石室的右侧，鼻子用力闻了闻，随后伸出左手，在石壁上一阵摸索。

数秒钟过后，鲁平左手一拉，那石壁下方"哗啦"一声，一块四四方方的石板连同石屑掉落下来。石壁上立即现出一条斜向上的通道。

鲁平回头招呼我们："快走。"

招呼完毕，鲁平立刻钻进通道，头也不回地向上奔了过去。

我知道形势紧迫，急忙拉着司马姗姗奔了过去。来到通道入口，我立刻发觉这是一个盗墓贼所挖的竖井。只不过一般竖井乃是笔直向下，而眼前这个竖井却是斜着向下。想必当初挖掘这竖井的时候，是为了迁就这石室四周的岩石，特意从这岩石之中稍微松软的地方斜切而入。

我和司马姗姗一路跟着鲁平快速奔出这竖井，到了竖井上方，鲁平用力将上面的石板掀开，钻了出去。我和司马姗姗也紧跟着钻了出去。

到了外面，抬眼望去，只见我们还是在这松林之中，只不过此刻好像是在那松林石壁的背后。我们身前是三棵数人合抱的松树，这三棵大松树将我们严严实实地挡在里面。

我正要询问鲁平是否离开，只见鲁平蹲在那竖井一侧，歪着头研究了十几秒。跟着鲁平右手便伸了进去，在竖井一侧使劲一拽，就听得"哗啦"一声，似乎有什么东西从竖井两侧倾泻而出。

我急忙低头望去，只见竖井北面往下两米的石壁之上，居然出现了一个一尺见方的口子，口子里面大量细沙倾泻而出。

细沙越来越多，那口子也越来越大，片刻之后，整个竖井北面一侧尽数裂开。黄沙如水一般，疯狂注入竖井内。

我和司马姗姗骇然。我们知道，照着这个速度下去，用不了半个小时，那松林藏洞就会被这黄沙注满。

我心中一寒，陈彼得的人要是此刻到了那石室里面，恐怕也会就此丧生。

我心中一软，觉得还是要看看陈彼得等人有什么危险没有。虽然陈彼得将我和司马姗姗、鲁平困在这松林藏洞里面，但他不仁，可我不能不义。

我将这个意思跟鲁平和司马姗姗说了。

司马姗姗极为赞成："咱们正好也看看我爷爷在不在那里。"

鲁平哼了一声，不屑道："妇人之仁。"但也没有阻止。

我央求道："鲁先生，还要麻烦你带一下路。"

鲁平皱了皱眉，随即带路。我和司马姗姗跟在鲁平背后，深一脚浅一脚地从这松树之中穿了过去。约莫走了两三百米，来到两块大石相夹的石缝之前，鲁平这才停住脚步，示意我和司马姗姗过去。

我和司马姗姗走了过去，来到石缝跟前，抬眼望去，只见半尺来宽的石缝对面正是那《滕王阁序》石壁。

此刻石壁前两个人一身狼狈地站在藏洞石壁下面。看那样子，这二人竟然是连滚带爬逃出来的，这二人一个是王理事，一个则是陈彼得的保镖，做过摸金校尉的罗汉。

王理事拍了拍胸口，满脸惊悸道："要不是老子跑得快，还就埋在这里面了，他奶奶的，这流沙是怎么回事？"

罗汉沉声道："这个藏洞应该跟墓室一样，四周建有机关，所以只要有人触发机关，这个石室四周的流沙就会出来。当年我师叔应该就是死在这藏洞密室里面。"

王理事奇道："你师叔也来过这里？这藏洞不是咱们第一次开启吗？"

罗汉摇摇头："不是第一次了，你忘了，陈总说过，这九龙杯是被欧阳明盗取的，这梅岭的藏洞欧阳明肯定来过，而欧阳明是开阳一脉的传人，他们开阳一脉擅长的是给人勘验阳宅，要没有我师叔的帮助，欧阳明肯定进不了这梅岭藏洞。只是我师叔自从跟欧阳明走了以后就再也没有回去过。我师父一直惦记，几次查访，都说自从跟那欧阳明走了以后，我师叔这个人就消失了，刚才我进到那密室里面，除了看到北面石壁上那几十个字以外，其他的什么都没有，这可就奇怪了，难道我师叔没跟着欧阳明来过这里？"

王理事似乎对于那石壁刻字更感兴趣，问道："石壁刻字？都刻了什么？"

罗汉皱眉，斜睨了他一眼，缓缓道："我本淮右布衣，天下于我何加焉？然我朱某乃顶天立地男儿，岂能任由元狗屠戮百姓？某不意来至此地，偶遇秘洞宝藏，推背一图。此图早已昭示天机。某自当顺天而为。王侯将相，宁有种乎？且与西风战一场，遍身穿就黄金甲。笑天下可笑之人，骂天下可骂之人，杀天下可杀之寇仇！落款是朱重八。"

王理事问道："没了？"

罗汉点点头："没了。"

王理事眉头深锁："这应该是朱元璋写的。"

罗汉奇道："朱重八是朱元璋？"

王理事道："是啊，朱元璋小的时候，家族里排行第八，所以叫朱重八。朱元璋年轻的时候居然来过这梅岭，真是奇了。你说这是为什么？"

罗汉不耐烦道："我哪知道为什么？咱们赶紧走吧，陈总还等着咱们呢。"

王理事不再说话，转身和罗汉沿着松林小径向外面走了过去。

直到看不见这二人踪影，鲁平这才招呼我和司马姗姗跟着他，从两块大石之间穿了过去。我们缓缓而行，到了山下，已然是日暮时分。

梅仙观里面早已点起了灯火。幸运的是，观门口，还有两三辆等着游人下山的出租车。

我们上了车，司机带着我们一路下山。我告诉司机，到滕王阁景区附近下车。鲁平看了我一眼，没有说话。

一路上我都在琢磨，松林秘洞石室里面朱元璋留下的线索到底是什么。只是想了半天，还是没有半点头绪。

到了滕王阁景区附近，鲁平下了车，他说："小兄弟，再见。"说完这一句话，鲁平头也不回地走进一条小巷之中。

司马姗姗等鲁平走远，不满道："这个人也太没礼貌了。怎么说咱们也和他共过生死，也不客套两句，就这么走了。"

我笑道："客套什么？你还指望他带咱们进去？这个鲁平也是条老狐狸，不会让咱们知道他的住处的。咱们走吧。"

司马姗姗问道："去哪儿？"

我想了想，告诉司马姗姗："咱们去火车站。"

司马姗姗奇道："为什么要去火车站？我还要找我爷爷去。"

我告诉司马姗姗："你爷爷不会有事的。"其实，我心里一直在怀疑，陈彼得为什么将司马奕带走，说不定司马奕和陈彼得也是一丘之貉。

司马姗姗想了想，这才点点头："我暂且相信你的话。"顿了一顿，司马姗姗接着道，"我爷爷吉人天相，应该不会有事。"

我和司马姗姗在网上买了车票，随后打车来到火车站。进到车站里面，坐在候车大厅中，我心中琢磨："陈彼得此刻应该抱着那具奇楠沉香笑开花了，他一定想不到我已经赶到火车站。陈彼得想要杀我可没那么容易。这个仇先不急着报，等我回到天津想通了松林秘洞石壁上的线索，回头再找几个帮手，收拾这个口蜜腹剑的陈彼得。"

半个小时之后，我和司马姗姗提着背包，进入检票口。走上扶梯之前，我下意识地回头看了一眼，赫然发现罗汉正从车站旋转门那里走进来。

我急忙回头，一颗心怦怦直跳——想不到陈彼得派人追了过来。

看来陈彼得这个人贼心不死，这是要阴魂不散地跟着我。他到底想要干什么？为什么要追杀我？

第十四章

天一阁

我拉着司马姗姗一路小跑，到了车上，将行李放好，安排司马姗姗躺到下铺，我则爬到中铺躺好。

火车开动，我的心思也开动起来——鲁平为什么出去的时候，沿着竖井闻？出了竖井之后，鲁平又如何知道那竖井一侧有机关可以开启流沙？陈彼得想杀我，到底是为了什么？杀死我对他有什么好处？还有陈彼得为什么会留下司马姗姗，反而将司马奕带走？难道真的如他所说，司马姗姗对他来说是个累赘？

我的脑子转个不停，越想越头疼，干脆不想了。我强迫自己入睡，心中默默数羊，然后迷迷糊糊地睡着了。

我做了一个梦，梦见我父亲坐在老家的槐树下，告诉我五行的诀窍。

父亲说，传统的五行理论认为，五是万物的基数，类似于《道德经》

里面所说，道生一，一生二，二生三，三生万物。五行可以代表一切事物的基本结构。

一、二、三、四代表事物的某种特性，被称为先天生数。实际具体的事物，都可以用五加上一、二、三、四中的一个数字来表示，这也就有了后面的六、七、八、九一系列的后天成数。

就五行而言，水被认为是万物的起始，故生数一，其成数就是一加五等于六。"六"就代表了具体事物，而这个数字"一"就是它的特性。所以河图里面才会有"天一生水，地六成之"这句话。河图乃是根据五星出没绘制而成的。

五星古时候称为五纬，乃是天上的五颗星星。木曰岁星，火曰荧惑，土曰镇星，金曰太白，水曰辰星。河图乃是照五星出没的天象而绘制的，这也是五行的起源。每年的十一月冬至前，水星见于东方，时值冬令，万物蛰伏，地面上唯有冰雪和水，水行的概念便因此而来。

迷迷糊糊之中，我听到"北方""天一生水"这些词语，脑海里蓦地想起一件事来。

我猛然从睡梦中醒过来，只觉得周身大汗淋漓。我睁开双眼，侧身看向车窗外面，车窗外一片漆黑。我的心怦怦乱跳，忽然间我就想明白了好多事。

我在那秘洞之中，其实也闻到了一股淡淡的尸臭。而且就在那石壁之前，地面上好像也有一些灰白色的粉末。那时候我还以为是石屑，现在想起来，那些应该是人骨——风化后的人骨。

那个秘洞里面一定有一个人被杀了。那个死去的人，最大的可能就是罗汉口中的那个师叔。

鲁平身为缺一门的传人，想必从师门中知道那秘洞上方必有机关。而那竖井应该也不是竖井而是虚位。

帝陵王墓里面都会留有一个虚位，以备不时之需。虚位四周填以流沙，机关开启，流沙就倾泻而入，将那墓室淹没。这流沙机关，墓室虚位通道也只有真正的摸金校尉才能知道。陈彼得的手下罗汉应该也明白这里面的门道。

只是罗汉第二次下到那秘洞之中，没有发现石壁另外一侧的刻字，要不然也会被他看出其中的玄机来。

秘洞第二层的石室中，那《推背图》剩下六十幅图案，每十幅图为一组，中间留有尺许来长的空隙。

我第一眼看到这《推背图》的时候就在思考，这《推背图》为什么如此排列。现在我明白了，那石壁上的《推背图》就是告诉看见他的人八个字——天一生水，地六成之。

朱元璋石壁留言里面说，那个大宝藏线索跟五行有关，而石室里面这八个字自然是指向了五行里面的水。

天一生水……

天一生水……

当今世上最著名的一个地方就是天一阁。难道朱元璋石壁留言所说的第一个线索就是天一阁？

这天一阁位于浙江宁波。看来我不能去天津了，我要改道浙江。我招呼司马姗姗起来。司马姗姗睡眼惺忪，不知道发生了什么。我拉着她，拿了行李，下一站下了车，然后再坐上去宁波的动车。

第二天早晨我们就到了宁波。天刚蒙蒙亮，下了车，我拉着司马姗姗来到路边一个小吃摊点了两碗宁波小汤圆。

司马姗姗一边吃一边问我："为什么要来宁波啊？"

我将睡梦里面的推测原原本本告诉了司马姗姗。司马姗姗满脸佩服地看着我。

我笑道："吃饱了，咱们赶紧去办正事。"

司马姗姗点点头。我现在满怀期待，毕竟朱重八石壁留言里面说了，那《推背图》真本分别藏在五个地方。如果我猜得没错的话，那天一阁就是五个真本的秘密所在之一。

天一阁在宁波的海曙区。

我和司马姗姗坐车，一路来到天一街。

下了车，给了车钱，我和司马姗姗沿着马路一路走了过去。来到天一阁的门口，抬头只见天一阁三个大字高悬中间，大门两侧用钟鼎文写了两行古意盎然的对联。

司马姗姗奇道："这副对联写的是什么？"

我告诉她："右面是'天一遗形源长垂远'，左面写的则是'南雷深意藏久尤难'。"

司马姗姗不解："这是什么意思？"

我笑道："这上联说的是天一阁藏书历史悠久，下联说的则是清朝一个思想家，叫作黄宗羲的，他有一次来到这天一阁，看到阁子里面这浩如烟海的藏书，感慨不已，于是说了这么一句话：读书难，藏书尤难，藏而久之不散，难上加难。"

司马姗姗满脸崇拜："你怎么知道这么多东西？"

我笑而不语，心道："我开古董店的，知道的东西少，岂不是被人当羊给宰了？"

买了门票，我和司马姗姗走了进去。甫一进门，便看到一座石雕。石雕身穿明朝服饰，满脸胡须，一眼望去，便是一副忧国忧民的表情。

这个石雕便是天一阁的创始人范钦。范钦背后是一面墙，墙上雕刻着八匹马。

八匹骏马扬鬃奋蹄，大有睥睨天下之态。

我心中暗暗赞叹，只觉得这一趟不虚此行。

我信步向前，在天一阁里面四处游览。穿行在一本本古籍面前，我更是有一种面对浩瀚书海的感觉。

但是，要想在这浩如烟海的古籍里面找到一本残缺的《推背图》，简直是大海捞针。

我和司马姗姗来来回回走了几个小时，还是不得要领，就这样我们不知不觉逛到了夕阳西下。

眼看着就要闭馆，我和司马姗姗无奈，只有先出去再说。我们决定，明天再来，找不到那《推背图》真本，决不回去。

沿着天一街走出数百米，走过路边一条小巷的时候，我眼睛无意间一瞥，忽然看到一个熟悉的身影。

我一怔，急忙拉住司马姗姗。

只见小巷之中，那个熟悉的身影正慢慢向巷子深处走去，走到一间板门跟前，那个熟悉的身影顿时站住，随后警觉地回头一望。

我急忙一拉司马姗姗，将身子隐在小巷一侧。

我的一颗心怦怦直跳。司马姗姗低声问我："那个人怎么看着这么眼熟？"

第十五章
范家祠堂

我低声告诉她："缺一门——"

司马姗姗一怔，道："鲁平？"

我点点头，探头向小巷里面望了过去，只见鲁平已然不见。

我感觉鲁平一定是发现了什么，倒不如闯进去，直接跟他打照面，说不定还能从他那里得到什么有用的信息，总比自己和司马姗姗盲人瞎马一样乱找靠谱一些。

我当即拉着司马姗姗快步跟了上去。

我们二人走到刚才鲁平消失的那个门口，正要迈步往里走，鲁平正好走了出来。看到我们，鲁平脸上没有露出丝毫的惊讶。

看来鲁平知道我和司马姗姗会来天一阁。

鲁平说："跟我来。"随后迈步向巷子外面走了过去。来到巷子口，鲁平左右看了看，这才走进巷子口左侧一间饭馆。我和司马姗姗跟了进去。

鲁平在靠窗的一张桌子前坐了下来，随后示意我和司马姗姗坐到他对面。

鲁平道："你们俩是不是还在纳闷，我为什么也来到宁波？"

我点了点头。

鲁平看着我，脸上露出一丝笑意："小伙子，你看得出石壁上的刻字排列，难道我就看不出了？"随后他用更低的声音道："天一生水，地六成之——"

我心里一动，原来鲁平也看出了梅岭秘洞石壁上留下来的线索。司马姗姗皱着眉，忽然开口道："可是你们俩有没有想过，也许朱重八在那石壁上留下的线索，不是这天一阁？"

我一怔，忍不住问道："司马姑娘，难道你有什么发现？"

司马姗姗慢慢道："我刚才在逛天一阁的时候，看到这天一阁是建于明朝中期，这个天一阁的第一代主人范钦是明朝嘉靖年间的兵部右侍郎，嘉靖和洪武差了一百多年，所以朱重八不可能知道后世有个天一阁的。"

我的心又是一沉，司马姗姗说得一点也没错，朱重八绝对不会将《推背图》残本藏在一百年后的天一阁里。

我心中忽然隐隐浮起一个念头："这个司马姗姗是不是在扮猪吃老虎？从她的分析里面至少可以看出她很聪明，我以后可要提防她了。"

我看向鲁平："鲁先生，司马姑娘说得有道理，这个你怎么看？"

鲁平微微一笑："不用推想，等到八点，我带你们去见一个人，说不定那个人会给我们答案。"

我心中暗自琢磨："莫非刚才鲁平去那小巷里面就是找那

个人？"

鲁平不说，我和司马姗姗也就不再追问。

吃了晚饭，我们三人就在饭馆里面闲聊。不知不觉天黑了下来，我看了下时间，现在是晚上七点五十。

鲁平招呼我们起身，然后径自走到柜台结账。我和司马姗姗跟在鲁平身后，慢慢走进小巷。

巷子中只有一盏孤寂的路灯散发出清冷的光。鲁平走到之前那扇板门门口，然后伸手推开走了进去。我告诉司马姗姗，让她在门口等候，我先进去查看一下。

司马姗姗低声道："你小心点。"

我点点头，迈步跟了进去。进到大门里面，只见这板门里面是一个不大不小的天井。天井后面有五间正屋，鲁平带着我，慢慢走了过去。

正屋板门虚掩，门上一块乌沉沉的牌匾，上面用楷书写着四个大字——范氏宗祠。

我抬头望去，只见鲁平停住脚步，咳嗽了两声，跟着沉声道："范婆婆？"

屋内无人回应。

我正琢磨怎么回事的时候，忽然感觉一只软绵绵的手掌握住了我的手。

我一怔，急忙挣开，跟着转过身来，月光下，只见司马姗姗俏生生站在我身后。

我低声道："不是让你在门口等我们吗？你怎么进来了？"

司马姗姗有些不好意思，喃喃道："我一个人在外面有点害怕。所以，所以……"说着说着，司马姗姗的脸红了起来。

我有些想笑，慢慢转过头去。

鲁平站在正屋门口，侧耳聆听了一会儿，再次沉声道："范婆婆，我们进来了。"

屋内还是无人回应。就在我以为这屋没人的时候，蓦地听到一个阴恻恻的年老女人的声音："脚长在你的腿上，我一个老太婆能阻止得了吗？"

鲁平嘿嘿一笑："范婆婆，你要是不愿意见我，我扭头就走。"

老婆婆沉默了一会儿，随后道："东西拿来了吗？"

鲁平道："带来了。"

祠堂里面随即又默然无声。过了一会儿，老婆婆沉声道："进来吧。"

鲁平推开堂屋的门走了进去。我和司马姗姗跟在鲁平身后，走进了这座范家祠堂。

范家祠堂坐北朝南，进门之后，便是一个门厅，门厅为五开间，三柱五檩，中间明间为入口大门。

我们来到正厅，只见这正厅面阔三间两弄，明间五柱九檩，是抬梁、穿斗混合式结构，梁架用材考究。正厅一侧有一扇耳门，穿过耳门是一条长长的走廊。走廊曲折盘桓，每隔数米便有一盏吊灯，灯光照到四周的装饰上，古典雅致。走廊柱础第一层为腹鼓，一眼望去，便知这是明代的建筑风格。

我一边走一边嘀咕，那老婆婆该不会是诱骗我们进来，给我们来个瓮中捉鳖，一网打尽吧？

我转念一想，鲁平应该不会联合老婆婆暗算我们，毕竟听这个鲁平和那老婆婆对话，鲁平是要拿什么东西给老婆婆。

看来在老婆婆拿到那个东西之前，不会发难。

......

我们一路走到范家祠堂后面，在走廊左边一间板门跟前，鲁平停了下来。板门后面像是一间小小的偏房，这个偏房就像是过去祠堂守夜人住的地方。

鲁平还未及说话，就听到偏房里面传出那个老婆婆的声音："我让你一个人拿着东西来，你怎么还带来两个外人？"

鲁平沉声道："这个是我的侄子，这个是我的侄女，我带他们来拜见一下范婆婆。"

老婆婆沉默了一会儿，这才开口道："进来吧。"

鲁平推门而入，我和司马姗姗跟在后面。进到屋子里，鲁平顺手将门关上。

屋子里立时暗了下来。幸好有月光从屋子后面的窗户里透入，不至于什么都看不到。

我抬眼望去，只见这屋子并不大，只有二三十个平方米。屋子东窗下摆放着一张看上去年代久远的木床，床旁边放着一张破旧的松木桌子，桌子上立着一根白蜡烛，并未点燃。

床的阴影中，坐着一个一身黑衣的老婆婆。

老婆婆整张脸隐匿在黑暗之中，两只眼睛闪闪发亮。

鲁平微微一笑："范婆婆，你要的东西我给你拿来了。"

老婆婆道："放桌子上吧。"

鲁平道："这个不太好吧，范婆婆你不是还答应给我一样东西吗？那个东西呢？"

老婆婆没好气地道："我怎么知道你有没有那个东西？你要是骗我，我找谁说理去？"

鲁平道："我先把东西拿出来，给您过过目。"说罢，鲁平从衣袋里面取出一枚黑色的东西，他来到床前，展示给老婆婆看。

老婆婆伸手去拿，鲁平身子往后一缩，一只手依旧托着那个东西。

月光照耀下，只见鲁平手中拿着的像是一枚箭头。

箭头？

我心中猛地一动。

这箭头，莫非就是缺一门三宗秘宝之一的鲁班矢？！如果这箭头真的是鲁班矢，那这个范家祠堂的老婆婆要这个干什么？

我心中疑云重重。

老婆婆看到箭头的时候，眼神立刻变得炽热起来。

老婆婆咽了口唾沫，这才低声道："我先看看这东西，可不可以？"

鲁平犹豫了一下，还是将那鲁班矢递到了老婆婆手中。

老婆婆就着月光，仔仔细细地端详了箭头好一会儿，这才叹了口气，幽幽道："想不到这个东西真的出现了。"顿了一下，老婆婆慢慢抬起头，看向鲁平，"你到底是什么人？你怎么弄到这鲁班矢的？"

我的心一惊："原来这真的是鲁班矢。"

我奇怪的是，这个老婆婆为什么不知道鲁平是缺一门的人？

鲁平慢慢道："婆婆，我答应你的事做到了就可以了，你不用知道我是什么人。"

老婆婆脸上神色有些黯然："我要你拿来鲁班矢，我才会将天一宝卷给你，可是我纵然有了鲁班矢又有何用？我都这么老了，哪里也去不了了，唉——"顿了一下，老婆婆抬起头看着鲁平，"小兄弟，我求你一件事……"

鲁平沉声道："婆婆你先说是什么事情，我看看能不能做到。"

老婆婆缓缓道："我听我祖上说，只要拿着这鲁班矢，找到缺一门的后人，就可以让他们做一件事，这件事无论多难，他们缺一门都会去做，是不是？"

鲁平沉默了一下，点了点头。

老婆婆继续道："既然这样，这鲁班矢你也送给我了，我现在求你拿着这鲁班矢，找到缺一门的后人，然后让他们去寻找一个人——"

鲁平道："婆婆要找的人是？"

老婆婆眼睛眯成一条缝，一字字道："朱——允——炆！"

第十六章

建文帝

鲁平沉默了一会儿，这才沉声道："建文帝早就死了。"

老婆婆咳嗽一声，这才幽幽道："我想知道的是朱允炆的下落，他死了，死在哪里？还有没有后人？"

司马姗姗和我对视一眼，我想司马姗姗也明白了，原来这个老婆婆和缺一门一样，都是要寻找建文帝的人。

缺一门是为了建文帝后面的大宝藏，这个老婆婆是为了什么？

鲁平道："好，婆婆你放心，这个话我一定给你带到。"

我也答应了老婆婆，一定帮她找到朱允炆的后人。

老婆婆沉默下来，过了好一会儿，这才缓缓道："我们范家当年得太祖爷的器重，这才得到这么一本天一宝卷，太祖爷嘱咐我的先祖要小心保管，除了来人拿着鲁班矢来取，别人谁也不给。我虽然不知道你是谁，但是你既然拿来了鲁班矢，那么一定是太祖爷当年安排好

·127

的人，这本书就给你了。"

老婆婆说完这句话，慢慢从床上下来。这老婆婆一站起来，身子甚是高大。

老婆婆迈步走到门口，指了指门口道："那本天一宝卷就在这下面，你们记住了，这天一阁之所以存在，就是因为这天一宝卷，你们取出来以后，看完便将这天一宝卷放回原处，天亮之前，就可以离开这里了，恕老婆子不能远送。"顿了一顿，老婆婆看着鲁平，沉声道，"小伙子，记住你今天晚上所说的话。"

说罢，老婆婆转身出门而去。

这斗室之中，此刻便只剩下我、司马姗姗、鲁平三人。

等到那老婆婆的脚步声渐渐消失，司马姗姗才低声问道："王大哥，你说那老婆婆所说的是真是假？"

我抬头看向鲁平："鲁大哥，挖不挖？"

鲁平目光闪动："挖。"

鲁平从背包里面取出一把小小的铁铲，而后蹲下身子，在地面青砖上来回撬了几下，那块青砖随即被撬开。

青砖掀开之后，下面是一层均匀的灰土。鲁平手中铁铲慢慢向下，铲开灰土。灰土下面赫然出现一个油布包裹的东西。

鲁平小心翼翼地将那油布包取了出来，慢慢打开。油布里面裹着一个长方形的乌漆盒子，那盒子没有什么机关。鲁平伸手慢慢将盒子打开，盒子里面赫然是一张金箔，金箔上隐隐约约有一些字迹。

我心中一动："难道这张金箔就是那个老婆婆口中所说的天一宝卷？"

我望向鲁平，鲁平捧着那只乌漆盒子站起身来，走到桌前，而后小心翼翼地将盒子摆放到桌子一侧。

鲁平看了看白蜡烛，随后取出打火机，正要点时，他忽然停了下来，问我："你说这蜡烛会不会有毒？"

我知道鲁平一定是想起了梅岭秘洞里面罗汉暗中下毒的事情，当下摇了摇头："这个老婆婆还想要鲁大哥你办事呢，不会下毒。"

鲁平想了一下，这才点点头："你说得有道理。"但他还是没有将那桌子上的白蜡烛点燃，而是取出一个手电，打开之后，将手电交给我，低声道："给我照一下。"

鲁平将金箔取了出来，而后缓缓展开，放在桌子上。金箔上赫然是李淳风的《推背图》。

只是这金箔上所绘制的《推背图》不过十二幅。

我心中暗道："看来朱元璋石壁刻字所说是真。朱元璋说将那《推背图》真本分成五份，这天一宝卷想必就是其中之一了。就是不知道其余四份又在哪里。"

鲁平看完金箔的正面，随后将那金箔又翻了过来。只见金箔的背面赫然写着一个"燬"字。

我一怔，这个"燬"字为什么刻在金箔背后？

鲁平皱眉，似乎在思考。过了一会儿他问我："小兄弟，你说这'燬'字是什么意思？"

我苦笑道："我知道这'燬'字，《说文解字》里面有说过，这个'燬'指代的就是烈火，燬宅说的就是火宅，就是不知道这'燬'字刻在这金箔背后代表什么意思。难道是说其他四本《推背图》真本是在火宅之中？还是说第二本《推背图》是在一处火宅里面？"

鲁平眼睛里面露出赞许之意："是这个意思，咱们只要找出这金箔后面'火宅'代表的是什么，就一定能够找到第二本《推背图》

真本。"

我苦笑："可是这天下那么大，又上哪里去找这么一座火宅？"

鲁平眼珠转动，忽然问道："《说文解字》里面具体怎么说的？"

"《说文解字》里面说——火，燬也，南方之行，炎而上。"

鲁平一呆，喃喃道："这一句话是什么意思？"

我告诉鲁平："这个好像跟五行有关系，五行里面木是东方之行，金是西方之行，水是北方之行，这个火是南方之行了。"

鲁平望着我，目光一亮："南方之行？莫非这《推背图》后面的指示，提示的是要我们去南方寻找？而且是找跟这个火有关的建筑？"

我告诉他："也有可能是指被火烧过的建筑。"

鲁平点了点头："南方著名的建筑很多，但是其中被火烧过的最知名的一个建筑就是——"

他看着我，后面那个名字却没有说。

我心中着急，正要发问，鲁平忽然开口道："你们知道我为什么比你们早来一步吗？"

"我又不是你肚子里面的蛔虫，我咋知道。"

鲁平微微一笑："我当时也是看到了石壁上的刻字，这才想到这第一条线索一定是指向天一阁，我当即马不停蹄来到了宁波。我只不过没有去天一阁，我也查阅了一下资料，知道天一阁始建于嘉靖年间，由工部员外郎范钦建造，这中间和洪武年差了一百多年。于是我立即去当地的文史馆，找了一位资深的馆员，一番询问之下，这才知道，范钦的祖上范忠谋曾经追随过太祖爷，而且还是太祖爷的亲信，后来退隐还乡，来到了这里，这范家祠堂就是为范忠谋而建。

我于是直接来到了这里，想不到这范家祠堂虽然大，但是却只有一个范婆婆守在这里。"

我奇道："这个婆婆姓范？"

鲁平点点头："是，这个婆婆应该是范家的女儿，估计会一些功夫，这才留守在这祠堂之中。我到了这里，见到范婆婆，范婆婆问我来这里做什么，我告诉她，我要借一本书，范婆婆也是个聪明人，立刻明白。她告诉我，想要借书，就要用鲁班矢来换，我这才和她约定，晚上八点拿鲁班矢来换书。"

司马姗姗奇道："为什么要晚上八点？你直接给她不就行了？"

鲁平微微一笑，没有回答。

我心里暗道："傻姑娘，姓鲁的要是直接拿出来那鲁班矢，岂不是就等于告诉了那个范婆婆，他就是缺一门的人？缺一门的人历来神秘，自然不会轻易告诉别人自己的身份。"

司马姗姗见鲁平没有回答，讪讪地又问了一个问题："鲁先生，那老婆婆为什么要将这本书藏在这地板下面？"

鲁平道："咱们当时在梅岭密室里面看到的刻字，你还记得吗？"

司马姗姗点点头。

鲁平继续道："石壁上太祖爷的刻字说了，将《推背图》真本分成五份，藏在五个地方，这五个地方暗合五行，你们猜这天一阁暗合五行的什么？"

司马姗姗脱口而出："天一生水，自然是水了。"

鲁平没有点头，而是饶有兴致地看着我，似乎在期待我给一个答案。

我飞速将一连串词汇串联到了一起——朱重八，梅岭，天一生水，宁波……宁波，宁波……

我心里一亮，慢慢道："土，天一阁代表的方位是土。"顿了一顿，我继续道："所以这第一本《推背图》就藏在土里。"

第十七章
火宅

　　鲁平眼里露出赞许之意，司马姗姗却是脸露诧异之色："为什么是土？"

　　我告诉她："朱重八所说的五行方位，天一生水，应该是这个天一阁取的名字，这天一阁里面全都是书，书怕火，所以用这个名字镇一下。海定则波宁，如何让水宁静，自然是用土了。土克水五行里面已经说了，这《推背图》藏在土中，自然是暗合五行之意。而且这本《推背图》是绘制在金箔上面，这也正应了五行里面的土生金。"

　　司马姗姗听得迷迷糊糊，过了一会儿，才道："这一本藏在土里，难道下一本藏在火中？"

　　我笑道："这个咱们要找到才知道。"

　　司马姗姗满眼迷茫，弄不明白一本《推背图》如何藏在火里面。

我接着问鲁平："鲁大哥，你刚才说的那个南方的建筑叫什么名字？"

鲁平告诉我："叫天心阁。"

我奇道："天心阁？是不是抗战时期被大火烧毁的那一座？"

鲁平沉声道："是，我感觉这金箔背面所写的这个'燬'字应该指的就是天心阁了。"

我心中一阵兴奋，告诉鲁平："既然这样，那咱们赶紧去长沙。"

鲁平将那金箔小心翼翼地拿了起来，随后放入油布之中。他站起身，将那油布再次放入门口地面那个小小的土坑之中，随后将那青砖放好。

地面恢复原状后，鲁平才起身带着我和司马姗姗离开。

鲁平一边走一边低声呼唤："范婆婆，我们看完了，那本书已经放好了——"

屋内并无人回应。三人一直走到范家祠堂的正厅才看到范婆婆此刻正坐在正厅右面一把老旧的太师椅上，目光若有所思地望着我们三人。

司马姗姗吓了一跳。

鲁平笑道："范婆婆，你在这里啊，那本书我们看完了，放回原处了，我们这就走了，再见。"

范婆婆淡然道："再见倒也不必了，我只希望你不食言，找到建文帝的后人。"

说到这里，范婆婆叹了口气，喃喃道："好几百年了，都没有找到，我寄希望于你们，算得上是痴人说梦了，唉……"说罢，范婆婆慢慢起身，扶着墙壁缓缓走了进去。

我们站在大堂，看着范婆婆的身影没入走廊的黑暗之中。

不知道为什么，我心里忽然涌起一股冲动，我大声道："范婆婆，我们答应你的事，一定会做到的。"

走廊之中，却是再无声音。

鲁平这才对我们说："咱们走吧。"

我们跟在鲁平身后，走出正厅，穿过天井，来到门口，推门而出。

街上行人如鲫。

建文帝尸骨如今在何方？

皇室埋藏的重宝又在哪里？

第二条线索指向的火宅，真的是湖南长沙那座饱经战火焚毁、屡次重建的天心阁吗？

鲁平看着那鲁班矢，缓缓道："王看山，你知道吗？陈彼得想要杀死我的一个原因，就是我有这枚鲁班矢，他杀了我，这鲁班矢就是他的了。"

司马姗姗奇道："陈彼得要这鲁班矢有什么用？"

我看着鲁平，心中暗道："难道是为了缺一门？"

鲁平淡淡道："这世上无论谁，只要拿着这鲁班矢，找到缺一门，缺一门的门下都会为他去办一件事，这件事，无论多难，缺一门都会办到。"

司马姗姗还是有些将信将疑："无论什么事？这个话是不是有点过了？"

鲁平淡然道："当年朱重八和那陈友谅决战鄱阳湖，还不是我上几代的掌门亲自出手，送了朱重八天下，那么难的事不是也做到了？"

不等司马姗姗回答，鲁平将那鲁班矢揣了起来，跟着转过头来，对着我道："王看山，咱们明天早晨七点动车站见。"

我问道："去长沙？"

鲁平点点头，径直穿过马路，快步走进一条小巷之中，随即消失不见。

我看着鲁平的背影，心中不住琢磨他到底还藏着多少秘密。

我和司马姗姗打车来到宁波动车站。下了车，在附近一家旅馆住了下来。

我要了两间房。很不巧的是，这两间房间相隔很远，一个在走廊中间，一个在走廊另外一端，紧挨大街。

吃过饭后，我告诉司马姗姗："咱们回去后赶紧睡觉，明天早上五点钟还得起来。"

司马姗姗道："不是约的七点吗？起那么早干吗？"

我苦笑："姑奶奶，我没关系的，我穿衣、洗漱也就几分钟的事情，您行吗？"

司马姗姗脸上微微一红："我定个闹钟，要不然还真来不及。"

我在心里暗暗感叹女人真麻烦，但脸上还要装出一副"表示理解"的表情。

回屋后，我躺在床上，想着这几天发生的事情，感觉跟做梦一样。

自己本来是一个小城市的二手古董店店主，没想到就因为认识了一个长着人面疮的女子，一下子卷进了一个旋涡中。被人困在梅岭地下石室，一路险象环生。

就在我昏昏欲睡的时候，有一个电话打了进来。

我拿起手机，一看屏幕，发现是一个陌生电话。

我心中一怔，自己在宁波可没有什么朋友，是谁打来的电话？

我顺手接通，只听电话那端传来一个急促的男子声音："王看山，赶紧出来，我在楼下等你，记住自己一个人来，带着行李。"

这个声音正是鲁平的声音。

我又是一怔，心道："怎么回事？鲁平怎么半夜来找我？难道有什么事情？"

我急忙起身，穿好衣服，背着背包，向电梯走过去。我住在走廊的尽头，经过司马姗姗房间的时候，我犹豫了一下，不知道该不该跟她打个招呼。就在我犹豫不决的时候，司马姗姗的房门忽然开了，司马姗姗从里面探头道："王大哥，你去哪儿？"

我有些尴尬，心中急速转动："鲁平约我，言明要我自己下楼，我该不该跟她说一下？"

情势紧迫，容不得我多想，我只能脸上堆笑："我睡不着，下去看看附近有没有咖啡，喝一杯。"

司马姗姗侧着头："那你还背着行李？"

我"嘿嘿"一笑："酒店里不安全，我这包里还有两件值钱的东西，怕被人偷了。带在身上放心一些。"

这个借口有点不太靠谱。

司马姗姗眼珠转动，想了想，这才道："那我也跟你去。"

我更加尴尬："这个，不太好吧，深更半夜的，不安全。"

司马姗姗道："没事的，有你在，哪里都安全。"

高帽子给我这么一戴，我再也无法拒绝。我只能招呼她："那好，一起走。你用不用换件衣服？"

司马姗姗"嘻嘻"一笑："你等我一分钟。"司马姗姗转身进屋，数秒后，她便快步走了出来。

看着司马姗姗一身整整齐齐的衣服，我目瞪口呆。这速度真是够快的。"咱们走吧。"我说。

到了楼下，我没有将房卡退回，而是走到大门口，四处看了看。奇怪的是，门外根本没人。

无奈之下，我只有硬着头皮带着司马姗姗沿着街道闲逛，走了许久，依旧没有鲁平的行踪。我心中纳闷。

司马姗姗拉了我一下，指着对面街道："王大哥，对面就有一家咖啡店，咱们去那里喝一杯吧。"

我忽然兴致全无，遂对司马姗姗道："我不想喝了，我先回去睡觉。"

司马姗姗侧头打量我，笑嘻嘻道："那我也不喝了。"

我告诉她："你自己喝去吧，不用管我。"

司马姗姗笑道："一个人多没意思，我不去了。"

就这样，我们回到了酒店。各自安歇。

这一夜，鲁平再没给我打过电话。鲁平一定是发现了什么，这才想要单独跟我见面。只是司马姗姗不知道为什么就像狗皮膏药一样，一直黏着我。

就这样，一夜迷迷糊糊地过去。第二天早晨我醒了过来。蒙蒙眬眬中，我就觉得我的床边有个人正在观察我。

我猛地睁开眼，就见司马姗姗站在我床前，正眨巴着眼睛望着我。

她那眼神让我心底升起了一丝恐惧。

我问："你干什么？"

司马姗姗站直身子，脸上瞬间变了表情，换成了一副人畜无害、天真烂漫的笑脸。

她笑嘻嘻道："我在看你啊，王大哥，我想知道你脑子里都有什么？"

我没好气地坐起来，口中嘀咕道："有什么？脑花你要不要看？"

司马姗姗笑道："我才不要呢，又不能吃。"

我被她说得更加恶心了，急忙起身。我草草洗了把脸，背着背包，拿着房卡，走出房间。

司马姗姗跟在我身后，形影不离。

我们退了房，走出酒店，一路没有说话。来到动车站的候车室，我找了一个靠墙的位置坐了下来。司马姗姗就靠在我旁边。

动车站里陆陆续续上来很多人。我看着手机上的视频，眼角余光总是感觉司马姗姗正在看着我。

确切地说，是盯着我。

我心里嘀咕："她想干什么？"

我故意装作不知道，低头看手机。不一会儿工夫，我起身，告诉司马姗姗："我去上一趟厕所。"

司马姗姗明显迟疑了一下，但还是点点头："好，王大哥，你去吧。"

我背起背包，向男厕走过去。我明显感觉到司马姗姗目光依旧落在我身上。

我停住脚步，猛地转身，只见司马姗姗瞬间低下头去，假装在看手机。片刻之后，司马姗姗的嘴角边露出了一丝微笑。

我嘀咕道："司马姗姗为什么最近这么古怪？和以前判若两人。她是怎么了？"

我心中疑云重重，走到厕所，不小心和人撞了一下。

那个人手中拎着拖把，撞到我，居然还恶狠狠地瞪了我一眼："没长眼吗？"

我见他穿着一身工作人员的制服，没跟他计较。

我闪到一旁，微微一笑："不好意思。"

那个工作人员一瘸一拐地拿着拖把走了出去。他一边走一边嘀咕："现在什么人都有，说不定撞你一下，就把你口袋里的东西撞没了。"

我又好气又好笑——这个人分明是说给我听的。可是你身上能够有什么值钱的东西？

我解完手，从衣兜里取纸，伸手一摸，感觉兜里有一张四四方方的东西，很像名片。

我一怔，伸手慢慢将那个东西取出来，抬眼一看，果不其然，那是一张名片。

这张名片居然就是我当初送给鲁平的那张，只见名片上写着短短几个字——长沙周充和，一个人去。

我一怔，这九个字是什么意思？难道是让我到长沙找这个叫"周充和"的人？

谁把名片放我兜里的？

我忽然想到那个扫地的残疾人，他撞了我一下，还说了那么莫名其妙的一句话。

难道是他？

我脑海里霍然一亮，想到刚刚那个残疾人——他应该是缺一门的人。

天下残疾人不见得都是缺一门的人，但是缺一门的人几乎可以说都是残疾。

那个残疾人很聪明，知道司马姗姗寸步不离我左右，这才在厕所里故意撞我一下，而后顺手将名片塞入我的衣兜里。

看来鲁平是不会在这里跟我见面了，此刻他在哪儿？

我将名片撕碎，然后放入马桶，一按按钮，纸片随即被水冲走。

我走出厕所，来到司马姗姗旁边。

司马姗姗对我一笑。

我回之一笑，心中却在琢磨："鲁平心思如此缜密，看来这一趟长沙行应该会比较顺利。就是有一个问题，我到了长沙之后，该如何甩开司马姗姗？"

我坐了下来，司马姗姗问我："那个鲁先生呢？怎么还没来？"

我故意装傻："没来吗？那再等等看，说不定快到了。"

司马姗姗有些不快："这个人也太不守时了，说七点在这里集合，现在眼看就七点了，他还没来。"

我安慰她道："别着急，鲁先生就算不来，咱们还可以去长沙，在天心阁和他会合。"

司马姗姗脸上露出狐疑："他跟你说过了？"

我硬着头皮道："昨天鲁先生给我打了一个电话，说是如果来晚了，让咱们自己坐车去长沙，在天心阁的崇烈塔那儿等他。"

这个崇烈塔是我昨天恶补长沙天心阁背景的时候，无意中记下来的一个地名，谁知道此刻派上了用场。

七点五十，我和司马姗姗上了动车，这一次我在下铺，司马姗姗在上铺。

我跟司马姗姗说我们换一下，司马姗姗却笑着拒绝了。

司马姗姗告诉我，她还年轻，可以到上铺。

我一时窘住，心里暗骂："老子才比你大几岁？居然嫌弃老子老了？"

一路无话。

到了长沙车站。我背上背包，故意跟在司马姗姗背后。司马姗姗扭过头来，向我招手。

我无奈，只有硬着头皮跟上去。我也是佩服她，人海之中，那么多的人，居然还能一眼就看到我。

就这样，我被司马姗姗带着，一路坐车到了天心阁。

车上我就在寻思，到了天心阁，看看能不能再找个机会溜走。

鲁平让我一个人去，肯定是有原因。

天心阁坐落在长沙天心区天心公园里面，城南路和天心路的交会处。我们打车到了天心公园，司机师傅在路边停了车，告诉我们："喏，里面就是天心阁喽！帅哥和美女自己去撒！"

我和司马姗姗沿着路边一路走了过去。到了天心公园，发现天心公园是免费的。

我们走进天心公园，沿着小路一路往前。花园里面亭台楼阁错落有致，许多老年人在这里舞剑、唱歌。

剑舞得慢，歌也唱得细腻动听，细细一听，是一首《浏阳河》。

这首民歌由一个五十来岁的眉眼精致的女人唱出来，让人神思一荡。

我被歌声吸引，不由自主地走了过去。

那唱歌的女人身旁围了一圈人。这些人大部分是老年人，其中有一个婆婆拉着一个三四岁的梳着朝天辫子的男童。男童一边看一边鼓掌，嘴角边更是有哈喇子流了下来。

女人唱完，向着众人鞠躬致谢。

男童嘻嘻一笑，大声道："好。"

那女人媚眼流波，笑道："这孩子是谁家的？这么乖。"

拉着男童的婆婆一挺胸脯，有些得意道："这个是我家白眼。

臭小子，知道什么叫好吗？"

男童眨眨眼："好就是维瑞古德（very good）。"

旁边围观的人哈哈大笑起来。我也跟着笑起来。

司马姗姗低声道："鲁先生还在前面等着你呢。"

我点点头，和司马姗姗继续沿着鹅卵石铺就的小道向前走。片刻之后，我们便来到崇烈塔前。

这崇烈塔又叫守望塔、白塔，建于一九四六年，由国民政府第六战区副司令长官王东原发起兴建。

崇烈塔主要是为了纪念抗战时期长沙三次会战中阵亡的战士，与之一同建造的还有崇烈门和崇烈亭。

抬眼望去，只见这几经重建的崇烈塔一塔凌霄，高峻巍峨。

塔身由六角形石柱、圆盘、圆柱构成，塔身底部筑有围栏，围栏上安放了十二只栩栩如生的石狮子。圆柱上端顶着一只硕大的圆球，圆球上刻着中国地图，圆球上方则昂首伫立着一只石狮，石狮似乎在向远方眺望。

我看到这石狮子，想到为国捐躯的战士，心中油然升起浓浓的敬意。

司马姗姗在一旁喃喃道："那个鲁先生怎么还不来？"

我知道鲁平决计不会来到这里，于是我说："说不定鲁先生已经在天心阁里面了。"

司马姗姗四处看了看，皱眉道："王大哥，咱们去天心阁里面看看，说不定真的像你说的那样，鲁先生已经在里面等咱们了。"

我无奈，只有跟着司马姗姗向前面走去。

这崇烈塔和崇烈门、崇烈亭由低到高连成一条直线。过了崇烈亭就是天心阁了，我和司马姗姗买了票，迈步走进天心阁。

司马姗姗道："王大哥，这天心阁为什么会被大火烧毁？"

我告诉司马姗姗："确切地说，这天心阁当初是毁于文夕大火。"

司马姗姗摸了摸鼻子，笑道："我昨天就想问你了，什么是文夕大火？可是一直忙着没时间问你。"

我看着天心阁，心中有些感慨，想了想，这才慢慢道："因为当时电报刚刚进入中国，所以发送电报十分昂贵，市面上通行的都是按字论价，为了节约用字，便将月份用地支代替，日期用韵母代替。十二的代码是文，夕代表的则是晚上，所以文夕大火指的是十二日晚上发生的一场火灾。这场火灾是人为的。"

司马姗姗愕然："你是说有人放火？"

我慢慢道："是，抗日时期，国民党为了不让日军获取物资，决定对长沙实行焦土政策，这才有预谋地放了这一场大火，当时报纸上记载死了三万多人，整个长沙城尽数焚毁，变成一片瓦砾。放火的任务由当时的警备司令部警备第二团和长沙市社训总队负责执行，放火的地点就选在这天心阁。"

我抬头望去，这天心阁直指蓝天，当年的那场大火早已湮灭在岁月之中，恐怕就算那《推背图》藏在天心阁里面，也早就随同那场大火烧得干干净净。

司马姗姗一时无语，不知道她心里在想什么。

我招呼她："走吧，咱们既然来了，那就好好看看这座天心阁。"

天心阁上下三层，由主、副三阁组成，弧状布局，两侧有长廊相连。主阁居中，高十七八米，下面是花岗石基台，白石雕花护栏。

基台上是三层楼阁，由木柱支撑。楼阁有白色粉墙、三重檐歇山顶，楼顶覆盖栗色的琉璃瓦。阳光照耀之下，琉璃瓦流光溢彩。

顶檐之下，南面悬挂天一阁匾额，北面则挂着"楚天一览"四个大字。

我们慢慢走上楼顶，站在三楼，极目远望，整个长沙城景色尽收眼底。

司马姗姗忽然扯了扯我的手，我回头，只见司马姗姗苦着一张脸。

我道："你怎么了？"

司马姗姗脸色微红："我肚子痛，我要上厕所。"

我心中灵机一动："下面景区里就有厕所，我陪你去。"

司马姗姗急忙摆手："不用了，我自己去就可以了。"

我嘱咐她："那你小心点，我在这里等你。"

司马姗姗来不及回答，急急忙忙下楼。

我看着她转身下楼，然后快速跟在她身后，直到她进入女厕，我这才加快脚步，穿过人潮，向门口奔了过去。

走出天心公园，我立即叫了一辆车。上了车，司机问我去哪，我告诉司机，找一个酒店。

司机答应一声，随即开车向南而去。

开出数里地以后，我问司机："师傅，跟你打听一个人。"

司机道："长沙人吗？"

我笑道："自然是长沙人。"

司机笑了一下："你找谁？叫什么名字？"

我想了想，开口道："周充和，您认识吗？"

司机连连点头："认识，认识。您说的那个周充和是我们这里的一个退休演员，在我们这里也算是小有名气，所以这里的人几乎都认识他。"

司机往南开了半个小时，来到一处酒店停了下来。

我说："周充和住这个酒店？"

司机笑道："是啊！您下车就看见了。"

我感觉司机有些奇怪，但又说不上哪里奇怪。

我背上背包下了车，心里一股不安的感觉更加强烈，我转身就要跑，谁知道另外一辆车上下来两个人，他们猛地扑了上来，一边一个将我牢牢抓住。随后一把匕首抵在我的后背上，右边传来冷笑声："王先生，咱们又见面了——"

第十八章
七巧茶庄

　　我心里一凛，这个声音正是陈彼得的保镖罗汉的声音。

　　我试图转过身去，只听罗汉低声道："别动，动一下可就白刀子进，红刀子出了。"

　　我试着整理一下思绪——这一定是陈彼得暗中安排好了的，就是不知道陈彼得是如何得知我来长沙的。

　　难道是司马姗姗泄露的？

　　那个司机是我随手招过来的，怎么可能也被陈彼得收买了？既然这样，那么天心公园外面那几辆出租车极有可能全都被陈彼得雇用了，无论我坐哪一辆都会是如今这个结果。事情发展到这一步，我只能随机应变了。

　　我笑道："罗汉，我正要找陈先生，你带我去见他。"顿了一下，我继续道，"不放心的话，我把我的背包给你，我背包里面可还有几件价值连城的东西，我可不会丢下这背包。"

我只觉得右边伸过来一只手，将我肩膀上的背包拿了下来，接着我就听到拉拉链的声音，随后金刚沉声道："这小子胡说八道，他背包里面哪有什么值钱东西，就一个破盒子，还有一把破尺子。"

我冷笑道："金刚老兄，你就是个棒槌，那可不是什么破盒子，那是罗盘，而且不是普通的罗盘，那个叫'鬼推星'，属于罗盘里面的异数，普天之下，只有我们王家才有。回头你问一问陈彼得就知道了。那个尺子也不是普通的尺子，那是'鲁班尺'，是我们北斗七星一脉王家吃饭的家伙。"

罗汉沉声道："金刚，你看着他，我看看。"罗汉从一侧慢慢转了过来，手中提着我的背包，将那罗盘取了出来。

罗盘被阳光一照，罗盘上的鬼头小人眼睛发出一丝光来。

金刚抓着我，低声道："罗汉，这小子说的是真的吗？"

罗汉不置可否，将那罗盘放入背包，接着拿起那把尺子对着阳光，一边看一边念着上面的字："财、病、离、义、官、劫、害、本——你这鲁班尺是从哪里来的？"

我笑道："哪里来？我祖传的。大哥，你去问一问陈彼得不就知道了。他也是我们北斗七星的人，他虽然没见过，但是这东西他肯定知道。"

罗汉脸色一沉："陈先生就在上面候着你呢。"罗汉扯着我的手，往酒店里面走去。

"我自己会走。我吃饭的家伙在你那里，你还怕我跑了不成？"我说。

罗汉和金刚这才松开手，但还是在我旁边，一左一右挟持着我。

我询问罗汉："陈彼得在几楼？"

罗汉告诉我："403。"

我迈步走进大堂。酒店前台一个二十来岁的姑娘抬头看了我一眼，目光随即落在罗汉和金刚身上。

那姑娘目光立即转向别处，礼貌地说："欢迎光临。"

我这个时候已经明白，罗汉和金刚不止一次来过这里，看样子这个前台认识他们，且对他们俩还心怀畏惧，这才不敢和他们目光对视。

我在罗汉和金刚的押送下来到403门前。

金刚上前敲了敲门，过了好一会儿，就在我等得不耐烦的时候，门里才传出来陈彼得苍老的声音："请进。"

声音还是那么礼貌有加，但是我知道门后面那个人其实比蛇蝎还毒。

我推开房门，门里面是一条铺了印花地毯的走廊，走廊一侧是一个卫生间，卫生间隔壁就是一张大床。陈彼得就坐在床对面的春秋椅上，嘴里还叼了一支雪茄。

房间里面除了陈彼得，没有其他人。

我心中暗自琢磨："那个王理事和司马奕呢？难道没有跟陈彼得在一起？"

我走到陈彼得一侧的椅子前坐了下来。

为今之计，我也只有沉着应对。

我看着陈彼得，陈彼得看着我，谁都没有先说话。

过了好一会儿，陈彼得才微微一笑："小王啊，看起来你很不错嘛！"

这老狐狸居然夸我？他肚子里打的什么主意？

我没说话。

陈彼得缓缓道："作为欧阳家的唯一传人，看来你的确可以入得了咱们北斗七星一脉。我当初在梅岭只是想考验你一下，你不知道我在困住你们之后，不久便派了罗汉和王理事前去，我的意思是想看看你到底够不够资格，如果你和司马姑娘经过了考验，那么自然而然便是咱们北斗七星一脉的传人，日后有事也好一起商量——"

　　我盯着陈彼得："如果我们没有经过考验，是不是就死在那里面了？"

　　陈彼得哈哈一笑："这个怎么会？我刚才不是说了吗？派了罗汉和王理事下去，就是给你们打开那密室，谁知道你们已经凭着密道的生门逃出去了，我这个好事也就没有做成。"顿了一顿，陈彼得笑道："小王啊，你是不是真的以为我要杀你？"

　　"不是吗？"

　　陈彼得摇头道："怎么可能啊，现在什么时代了，还用那么老土的手段？再说杀人还犯法啊，虽然我大部分时间住在美国，但是国内的事情，我还是一清二楚的。你不知道，我每年都要抽出一点时间来国内住一住、玩一玩，你知道这个酒店是谁的吗？"

　　"难道是你的？"

　　陈彼得道："这个酒店就是我的，不过我不负责管理，算是我投资的一部分。其实，就连你，也是我投资的一部分。"

　　我"哈"地一笑："陈先生，这个玩笑可不好笑，我怎么就莫名其妙成了你投资的一部分了？"

　　陈彼得笑道："我没有骗你。小王，你想，你就是一个二手古董店的店主，如果你对我没用的话，我凭什么让你去梅岭？凡是去梅岭的，都是经过我挑选的。我赌你一定会去，我也赌你一定可以从梅岭密室里活着出来，你就是我的赌注，也是我的投资，你看，你这不就将我们带到长沙来了吗？所以我这笔投资还是划算的。"

我不耐烦地道："陈先生，咱们敞开天窗说亮话，你到底想要从我身上得到什么？"

陈彼得哈哈一笑："年轻人沉不住气，我不过就是想带你去见一个人。"

我半信半疑，更加弄不懂这老狐狸了。

陈彼得站起身来，对我道："咱们现在就去。"说罢，他将门打开，径直走了出去。

眼下的形势，我只有跟着他们一起走，见机行事。就是不知道陈彼得带我去见的人到底是谁。

到了酒店外面，我们上了一辆奥迪，金刚坐在前面，我则被罗汉和陈彼得一左一右夹在中间。车子一路往南，司机一直将车开到"七巧茶庄"的门口，这才停了下来。

陈彼得首先下了车，然后招呼罗汉："罗汉，带着王看山跟在我后面，咱们尝尝这'七巧茶庄'的君山银针和古丈毛尖怎么样。"

罗汉沉声道："是，陈先生。"他拉着我的胳膊。我一用力，将罗汉的手甩开，低声道："放心，我不会跑的。"

罗汉恶狠狠地瞪了我一眼。

陈彼得笑道："既然小王说了不会跑，那自然就不会跑，北斗七星的人一诺千金，小王这一点倒是越来越像我们北斗七星的人了。"说罢，他转身进了茶庄。

在服务生的引领下我们上了二楼，要了一间靠窗的单间。进了屋，陈彼得对服务员说："你们老板在吗？"

服务生一怔："你要见我们老板？"

陈彼得点点头："你告诉你们老板，好朋友找他来了。"

服务生点头："我这就给您叫去。"

我离陈彼得远远地坐了下来。陈彼得笑道："王看山，你是不是怕我吃了你。"

我不想理睬他，转头看窗外的风景。

这长沙可是历史名城，据说在上古时期，长沙便有原始人活动了。

长沙之名，最早见于三千多年前的西周。《天官书》上说："天则有列宿，地则有州域。"

上古时期，人们仰望天空，看繁星无数，于是将黄道附近的星象划分为二十八组，分别代表日、月、星辰在天空上的位置，这二十八组星象便叫作二十八宿，东、南、西、北四面各七宿。

南方七宿分别为井木犴、鬼金羊、柳土獐、星日马、张月鹿、翼火蛇、轸水蚓。轸水蚓有一个附星，叫作长沙星。古人于是按照星象分野的理论，将长沙之地以应长沙星，认为长沙缘起于星宿之名，所以长沙又叫星城。

此时这星城之中，长街之上，人来人往，十分热闹。这茶庄里面却给人十分冷清的感觉，来这茶庄的人并不多。

就在这时，单间的门被人推开了，一个四十来岁的儒雅男子迈步走了进来，他戴着一副眼镜，看上去很斯文。

男子进来之后，先是问候了一下："几位先生找我？"随后他的目光从我们三人的身上一一扫过。

陈彼得沉声道："叫你们大老板来。"

眼镜男子一惊，这才赔笑道："您认识我们大老板？"

陈彼得脸色一沉："怎么，刚才不是跟你们那个服务生说了吗？还需要我重复一遍？"

眼镜男子"嘿嘿"一笑："不好意思，我这就去叫大老板。"

过了一会儿，房门再次推开，眼镜男子站到一旁，一个五十来岁、身穿旗袍的女子走了进来。

看到这女人我立时一怔——这个女人居然是我在天心公园里看到的那个唱《浏阳河》的女子。

只见女子目光从我们三人身上一一扫过，然后她微微一笑，柔声道："三位老板叫我来，是想喝什么茶？我这里还有明前的毛尖。老周，你让敏敏给上一壶。"

眼镜男子答应一声，转身离去。

女子嘴角边的笑容更加浓了："我听说这里有我的一位朋友？是哪一位？"

我心中也是好奇："怎么，难道她不认识陈彼得？"

我看向陈彼得，陈彼得的目光却在注视那个女子，并没有回答。

女子脸上的笑容依旧，笑道："三位一定是慕名前来我们七巧茶庄，给我们捧场的，我这里先谢过了。一会儿清茶奉上，三位慢慢品尝，我还有点事，失陪了。"说罢，女子转身要走。

陈彼得终于开了口："周老板？我这位小朋友就是专门为你而来的，你不认识他吗？"

那姓周的女子一怔，停住脚步，接着转过身来，目光从我和罗汉二人身上掠过，似乎是在比较我和罗汉谁更年轻一些，最后她将目光锁在我身上，道："这位小朋友找我？我们以前在哪里见过面？"

周老板询问的时候，脸上始终挂着礼貌的微笑。

我有些尴尬，这个陈彼得为什么祸水东引，将话题引到我身上？不是他来见这位周老板的吗？

我犹豫了一下，心中正在想着该如何回答。陈彼得微笑道：

"小王，你不是说来长沙要见一见这位周充和周老板的吗？这位就是——"

我惊得立时站了起来，道："你是周充和？"

我心里翻江倒海一样——我没想到眼前这个人就是我要找的人，更加没想到这个人居然是个女的。

陈彼得是如何得知我要找周充和的？我可没有告诉司马姗姗。

我立刻想到一定是那个载我去见陈彼得的司机泄露的，因为我自从收到鲁平的信息之后，只在出租车上跟司机提过"周充和"三个字。

周老板也是一怔，笑吟吟道："是啊，难道我不应该是周充和吗？"说罢，周老板莞尔一笑，嘴角边露出一丝俏皮。

我期期艾艾道："不是这个意思——"

周充和眼睛里露出了一丝疑惑。

我摸了摸自己的鼻子，苦笑道："我之前还以为周充和是个木匠，没想到——"

周充和微微一笑，道："没想到是一个开茶馆的，还是个女的？其实不光是你，好多人听到我的名字，都以为我是男的。不过，这位先生你找我有什么事吗？"

我咽了口唾沫，鲁平让我来长沙找周充和，可是没告诉我找她干什么。

此时此刻，我身旁虎狼盘踞，我怎么能如实告知周充和？

我看了看陈彼得，发现陈彼得正目光炯炯地看着我，似乎在看我如何回答。

我只能胡乱编两句："我也是在天津听一个湖南朋友说的，他说长沙有一个七巧茶庄，茶庄的老板叫周充和，烧得一手好茶，我这才不远千里，慕名而来，就为了尝一尝周老板亲手做的香茶。"

我眼角余光发现，我说完这一番话的时候，陈彼得眼睛眯了起来。我心里暗暗嘀咕："这老狐狸该不会当场翻脸动手吧？"

周充和笑道："原来是这样啊，我现在就叫他们上茶。"说罢，她转身出门，向服务生嘱咐道："敏敏，上咱们最好的明前毛尖来。"

周充和再次进门，和陈彼得寒暄道："这位先生贵姓？仙乡何处？"

陈彼得不咸不淡地和周充和聊了两句，随后看向我："小王，你就没有别的事跟周老板请教的？"

我正要说话，就在这时，一个女服务生走了进来。

女服务生只有十七八岁的样子，一双大大的眼睛滴溜溜乱转，进来之后，将手上的茶盘放到桌子上，然后表演了一系列的工夫茶动作，之后才敛手站到一旁。

周充和笑盈盈道："陈先生，这两位——"

罗汉沉声道："我叫罗汉。"

我犹豫了一下，道："我叫王看山。"

我发现我在说我的名字的时候，陈彼得在看着周充和。

周充和神情丝毫不变，她慢慢端起茶壶，将我们三人面前的茶杯倒满，道："陈先生、罗先生、王先生，请——这个是今年新摘的明前毛尖。"

我端起茶杯，一股茶香扑面而来。我心中暗道："鲁平既然让我找这个周充和，这个周充和肯定不会暗算我。"

我喝了一口茶，只觉满口茶香，忍不住赞叹道："好香。"

周充和脸上笑容更浓："我们家的明前毛尖好喝吧。"

我忍不住又多喝了两口，陈彼得和罗汉跟着喝了两口。随后陈彼得看向我："看山，你来这里不是真的来品茶的吧？我记得你还有别的事情。"

我笑："陈先生你想多了，我来这里就是品茶、交朋友。"

陈彼得干笑两声，喃喃道："原来如此。"

我不知道陈彼得是不是已经动了杀机，只是陈彼得说完这句话后，突然间身子往前一趴，而后一动不动了。

我待在那里，转头看向罗汉，只见罗汉也趴在桌面上，一双眼睛圆睁，眼中露出愤怒之意，口中奋力道："你给我们下药——"然后他双眼渐渐失焦，片刻之后，晕了过去。

我一时间有些不知所措。我抬起头，看向周充和。

周充和向我眨了眨眼，笑道："小兄弟，这个明前毛尖好不好喝啊？"

我此时此刻，实在无法说出这毛尖好不好喝。

周充和笑道："别愣着了，傻小子，跟我来。"

我从罗汉背后拿起我的背包，而后跟着周充和向外面走去。到了外面，周充和打了一个电话，然后一个二十来岁的男子快步走了过来，恭恭敬敬道："周姐——"

周充和低声道："小徐，把我办公室里面那个明朝高仿的香炉拿着，放到五号屋子里，去报警，告诉咱们片区的周警官，五号屋的老头儿带着手下来倒卖文物。"

小徐眨眨眼，点头道："好，我这就去。"顿了一顿，小徐笑道："不过，周姐我感觉不管用，这两个人回头到周警官那边查一下，就放出来了。"

周充和微微一笑："我要的就是这个时间差。"

小徐这才恍然大悟："我明白了，您是要耽误这两个小子一下。"

我心里暗道："这个女人不简单啊，这是要栽赃陈彼得，不过就算没有那明朝高仿的香炉，就是陈彼得背包里面的那只九龙杯被公安局的人看到了，恐怕也要费一番工夫才能解释清楚。"

周充和笑道："快去吧。"

小徐道："是，我这就去办，周姐。"转身下楼而去。

周充和这才转头看向我："跟我来。"随后我们顺着楼梯走下去，来到后门。

周充和关好后门，带着我上了一辆甲壳虫。

第十九章
壁炉

甲壳虫行驶了半个小时，才在一处清幽雅致的别墅门口停了下来。别墅的电动门随即缓缓打开。

将甲壳虫停好后，周充和招呼我："到家了。"

我奇道："这是你家？"

周充和笑道："是啊，看来你心里藏着好多疑问，一会儿你见到一个人，就全明白了。"

我心里暗暗苦笑："又要见人？刚才陈彼得拉着我去茶馆见她，现在她又拉着我去见另外一个人。看来今天一天都不用消停了，就是不知道这一次见的这个人是谁。"

大厅里面早就坐着一个人。

那个人此刻正坐在真皮沙发上，低着头读着红木茶几上一本薄薄的书册。

听到我和周充和的脚步声，那个人抬起头来。

我吃了一惊。这个人正是鲁平。

周充和笑着走了过去，和鲁平握了握手，道："鲁大哥，幸不辱命，我把你这个小朋友给带来了。"

鲁平道："多谢了。"

周充和向鲁平一摆手："大家都是自己人，别客气，坐吧——鲁大哥，你说吧，你来找我有什么事情？"

我被这二人搞得有些晕头转向，急忙道："先别着急，二位，我还没明白这一切是怎么一回事呢。"

周充和和鲁平相视一笑，随后周充和询问鲁平："是不是可以告诉他？"

鲁平点点头。

周充和这才笑道："这样吧，我先把我这一部分告诉你，剩下的让鲁大哥告诉你，来，你先坐下，别这么拘束。"

我依言坐下。鲁平将茶几上的书册慢慢合起，收了起来。

周充和告诉我："咱们长话短说，我和鲁大哥好几年的交情了，因为鲁大哥经常四海漂泊，所以我们不经常见面。就在昨天，鲁大哥忽然打电话过来，告诉我有一个朋友叫'王看山'，下午两点到长沙，让我准备一下，最好安排人去车站接一下。我这个忙肯定是要帮的，于是我就安排了一个朋友今天下午一点出发，谁知道一路堵车，到了南站的时候，已经过去了半小时，我朋友没有接到，然后给我打了电话，我正在着急，鲁大哥这么多年才求我办一件事，我都没有办好，我还怎么见鲁大哥。"

鲁平道："妹子客气了。"

周充和继续道："我正在发愁的时候，谁知道居然有人上茶庄指名道姓要见我，我就过去看看是哪一路朋友，谁知道这位朋友正是你。我见你似乎有事憋在心里，欲言又止，知道你一定是遭人胁迫了，那两个人一个老奸巨猾，一个凶神恶煞，怎么看都不是什么好人，你一定是被那两个人逼着到这里来的，我于是就在茶里动了一点手脚，让那两个人睡了过去，这不，我就带你过来了。"

我还是有些疑惑："周阿姨——"

周充和笑道："你还是叫我周姐吧。"

我"嘿嘿"一笑："那我就不客气了。周姐，我想知道你是怎么动的手脚，我们三人都喝了那一壶明前毛尖，怎么他们都昏迷了我没事？"

周充和道："我听鲁大哥说你是开古董店的，你应该懂的。"

周充和这么一说，我心中一亮："周姐你是说你用的是八宝转心壶？"

八宝转心壶也叫八宝两心壶，外面是一个大壶，里面却有两个内胆，形如阴阳鱼。阴阳鱼的眼睛就是壶上面的气孔，倒茶的时候，按住茶壶的气孔，另外一半壶里的液体就流了出来。

周充和嫣然一笑，道："剩下的事就让鲁大哥告诉你吧。"

鲁平沉声道："在梅岭密室里面，你有没有察觉到什么不对？"

我想了想，说："你的意思是司马姗姗有问题？"

鲁平点点头道："不错，我那个时候就怀疑，为什么陈彼得要留下司马姗姗，一定是陈彼得跟司马奕串通好了，一个在里，一个在外，然后让司马姗姗打探咱们的消息，陈彼得倒不见得真要咱们死，最起码在得到那一宗大宝藏之前，他不会杀死咱们。我故意和你们分开，就是为了查探这件事——"

我惭愧不已，原来自己不光被罗汉跟踪，还被鲁平跟踪。

陈彼得估计也没有想到，螳螂捕蝉，黄雀在后。

鲁平继续道："我发现罗汉一直跟在你们身后，在火车上还和司马姗姗暗中联系。到了宁波，我原计划自己前往，没想到被你们撞到，这样也就只能一起前去范家祠堂了。后来咱们商量一起去长沙，我想了想，觉得不保险，不如半夜打车前去，这样总比陈彼得他们提前一步。我给你半夜打电话，就是想要你跟我一起去，谁知道我来到酒店，就发现罗汉在酒店暗中埋伏，随后我又看到司马姗姗和你一起下来，我就知道你没办法跟我一起去了，于是我赶紧打车来到长沙。

"路上我睡了一觉，到了长沙已经是早上，我让充和去车站接你，就是为了协助你离开司马姗姗，没想到你还是被他们胁迫了，就是不知道他们是怎么知道充和的？又为什么要去充和的茶庄？他们的胆子也太大了！"

我将在出租车上泄露了周充和的事情一一跟鲁平说了。

鲁平皱眉道："原来他们是想诈出充和是否知道大宝藏。"

周充和笑道："是啊，鲁大哥，电话里你提了一嘴那个什么大宝藏，可是我怎么知道？我就是一个开茶庄的。"

鲁平抬起头，面容渐渐凝重："不，你应该知道。"

周充和一呆，奇道："我怎么知道？"

鲁平看着她，一字字道："你真的不知道？"

周充和两手一摊，笑道："鲁大哥，我跟你这么多年交情，如果我真的知道的话，我怎么可能不告诉你？咱们可是过命的交情。"

鲁平看着她，凝望了一会儿，这才慢慢从背包里面取出那本薄薄的书册，放到周充和面前，缓缓道："妹子，这本书是你写的吗？"

我抬眼看去，可以看出书名是《文夕大火——星城火焚之后留下的那些珍贵文物》，作者落款是周充和。

周充和看着那本书，眉头也是慢慢皱了起来，过了好一会儿，她才说："鲁大哥，你这本书是从哪里得到的？这个市面上很少有的。"

鲁平静静道："我是从市图书馆文史类书籍那一排找到的。"

我佩服鲁平心思实在缜密，他一定知道去天心阁也是白去，想要查找资料，只有去档案馆、文史馆、图书馆这些地方才行。

周充和将那本书缓缓放下来，微笑道："鲁大哥，这本书怎么了？有什么问题吗？"

鲁平将朱重八在梅岭秘洞发现《推背图》的事情一五一十地告诉了周充和，最后道："现在第二条线索指向了长沙的天心阁，我查过资料，这天心阁据说是建于明末，但其实在明初就已经有了，只不过明初的时候规模很小，当时还不叫天心阁，只是叫天心馆，这天心馆虽小，但是由重兵把守，这也算是当时的一件奇事了。后来天心馆几经周折，慢慢扩建，到明末时已然小有规模，只不过后来损毁。到了乾隆年间，才由抚军杨锡绂重建。一九三八年文夕大火，整个长沙城付之一炬，这天心阁也不复存在。这些资料这本书全都记载了。"

周充和点点头："这本书我也看过。"

我心中好奇："为什么周充和用'我也看过'这四个字？这本书难道不是她写的？如果这本书不是她写的，那么写这本书的人又是谁？"

鲁平继续道："这本书里面还记载了一件事，这本书的作者历经周折，找到了几块当年天心阁的地砖，这几块地砖上有一些奇奇怪怪的图案。作者只在书里面提了这么一段话，然后笔锋一转，就写其他东西了。"

说到这里，鲁平停了下来，看着周充和，缓缓道："妹子，那天心阁仅存的几块地砖去哪里了？这几块地砖我感觉跟我找到的《推背图》一定大有关联。"

鲁平目光炯炯地望着周充和。

周充和眼波流转，道："看来我想不承认都不行了。不错，鲁大哥，这本书的确是用我的名字出版的，不过我负责的只是整合，里面的具体资料却是来自我大姐。"

鲁平点点头："我倒是听你说起过你有好几个姐姐。"

周充和笑道："三个，我有两个哥哥，三个姐姐，这本书其实应该算是我大姐的手笔，我大姐从小就喜欢盆盆罐罐，什么古钱币、香炉之类的她都爱不释手。她长大以后，就考上了浙大的考古系，毕业以后在我们这里的博物馆工作，闲暇无事的时候，她就四处转转，星城很多名胜古迹都留下了她的足迹。她去得最多的还是天心阁遗址。

"那时候，天心阁还没有重建，和圆明园一样，只剩下一片残垣断壁，我大姐没事的时候，就去转，后来就捡回来几块地砖。那几块地砖放在家里，被她藏了起来。去得多了，我大姐就萌生了一个想法，将文夕大火这件事情写下来，省得后来人忘记。我大姐说过，历史决不可遗忘，遗忘就是背叛，所以才有了这么一本书。不过我大姐不喜欢出风头，而我正好当时需要评级，于是就用我的名字出版了这本书。"顿了一顿，周充和继续道："那几块地砖其实就在这里——"

鲁平脸上立刻动容："那几块地砖在这里？"

周充和道："我们几兄妹为了照顾母亲，集资买了这栋别墅，重新装修的时候，在客厅里面建了一个壁炉，大姐看了看那地砖的材质，觉得经过那一场大火都没有烧坏，这些地砖用作壁炉里面的墙砖肯定没问题，于是就将那几块刻有奇怪图案的地砖嵌入了壁炉里面。"

我和鲁平立刻转头看向客厅一侧的壁炉。之前我进来就看到了客厅的壁炉，当时只觉得比较新潮，也没有在意，没想到我们苦苦寻找的关键线索居然就在这壁炉里面。

鲁平问道："我能不能看看去。"

周充和道："当然可以。"

鲁平随即站了起来，走到壁炉跟前，蹲下身去，向里面张望。

我看了一眼周充和，周充和也看着我，见我看她，周充和随即笑道："一起吧，小兄弟，鲁大哥让你过来，就是为了研究这个《推背图》的事情。"

我见周充和这么说，当下也就走了过去。

那壁炉高度差不多有一米二左右，外面贴了大理石砖，里面显得有些黑，看上去就不是特别清晰。

周充和打开灯，灯光一亮，壁炉里面也就清楚了一点。壁炉四壁的地砖上，的确有些隐隐约约的字画。

鲁平让我取出手电，在一旁照一下，然后他拿出手机，伸了进去，在壁炉里面拍了两张照片。跟着缩回手，看向手机屏幕。

手机屏幕上面的照片让他一下子兴奋起来。

这个平素淡然冷静的男人此刻也变得不淡定了起来。

鲁平将手机上的照片给我们看。

只见地砖上果然刻着十二副《推背图》卦象。

第一幅上赫然画着几只鸟。

这几只鸟四只在下，一只站在城楼上。

下面有谶曰：

汉水竭，雀高飞。飞来飞去何所止。高山不及城郭低。

下面颂曰：

百个雀儿水上飞，九十九个过山西。唯有一个踏破足，高栖独自理毛衣。

周充和喜道："鲁大哥，看来你猜对了，这个真的是你要找的线索。"

鲁平的气息也有些不均匀起来，只见他深呼吸几下，然后微微笑道："这还要多谢你大姐这本书，要不然我绝无可能找到这里来，我也绝对想不到这第二条线索居然在你这个别墅里面，这真的是上天给力啊！"

我也为之高兴，但还是忍不住道："鲁大哥，这个《推背图》指向的又是哪里？你说是不是跟这个鸟有关系？"

鲁平脸上的喜悦慢慢收起："这个卦象是《推背图》里面的第十三卦，说的是周主郭威夺汉自立，郭威小时候穷，乡亲们给他取了个名字就叫郭雀儿。"

鲁平细细研究了那几张照片，还是一无所获。

我提醒他："你说这几块地砖后面会不会有什么线索？"

我之所以有此一问，还是想起了范家祠堂那张金箔上的刻字。

鲁平眼睛一亮，忍不住问起了这几块地砖的事情。

周充和想了想，抱歉道："装修这个别墅的时候，我正忙其他事，所以一切都托付给了二哥，对地砖背面是否有东西还真的不太清楚。"

我看向周充和："周姐，要不给你二哥打个电话问一问？"

面对我和鲁平期待的眼神，周充和更加不好意思起来："我二哥前两年就去世了，我们家兄弟姐妹几个其实年纪相差挺大的。"

我看了看鲁平，鲁平也看了看我，就在我们俩感觉线索将要中断的时候，周充和忽然道："要不我问问我大姐？"

我大喜："你大姐还活着？"说完这一句话立刻感觉不太礼貌，急忙道："哑哑哑，我不是这个意思，我的意思是说——"

周充和笑道："你不用说了，我明白，你是想不到我二哥死了，我大姐居然还活着，对不对？"

我脸红了一下，期期艾艾道："是……这个意思。"

周充和笑："我们家其实还都挺长寿的，我二哥也是因病去世的，到现在我大哥，我大姐都还活着，我大姐有八十六了。走，咱们现在就去问。"

我一怔："打个电话就挺方便的，不用那么麻烦。"

周充和道："我大姐不会用智能机，岁数大了，也不爱接触这些电子设备，每天在家就是养养花、逗逗猫。"

我和鲁平随即收拾了一下，跟着周充和走出别墅。周充和换了一辆大众速腾，拉着我和鲁平一路往西而去。

刚出门不远，我就看到一辆熟悉的奥迪疾驰而过。

我心中一动，忽然想起那辆车正是日间陈彼得拉着我去七巧茶庄的那辆。

我急忙告诉鲁平和周充和。

鲁平皱了皱眉，对周充和道："看来陈彼得又阴魂不散地追过来了。"

周充和沉声道："没事的，问完我大姐，我就送你们离开这里。"

我心里暗暗期盼周充和的大姐能够告诉我们一些有用的东西。如果没有的话，那么线索就此中断，恐怕我们还是不能离开长沙，要在这里跟那老奸巨猾的陈彼得周旋一段时间。

周充和在一个偏僻小区的单元楼门口停了下来。

门口一把竹制的椅子上，一个八十来岁的老太太正悠闲地看着远处的晚霞。

老太太衣着干干净净，整个人显出一种独特的气质。我隐隐感觉那个老太太就是周充和的大姐。

果不其然，周充和停好车，便带着我们快步向那老太太走了过去。

走到跟前，周充和笑盈盈道："大姐，我来看你来了。"

老太太站起身来，握着周充和的手，关切道："你的手怎么这么凉？"

周充和笑道："没事的，我这些日子缺乏锻炼，多运动一下就好了。大姐我给你介绍两个朋友，这位就是我经常给你提起的鲁平鲁大哥。这位是王看山，天津的。"随后周充和又向我们介绍道："我大姐周允和。"

鲁平向老太太问好："大姐好。"

我可不敢称呼这么大岁数的老太太为大姐，我老老实实地叫道："大姨好。"

周允和点点头，和蔼道："是不是有什么事情要问我？就在这里问吧，我看你们一副风尘仆仆的样子，应该是身有要事，我一个老太太就不耽误你们了。"

鲁平急忙道："大姐，我就不跟您客气了。"于是他将天心阁地砖的事情对周允和说了。

周允和皱着眉，想了想，这才缓缓道："好像那地砖后面还真的有字——"

听到周允和的话，我们三人都立时兴奋起来。

周允和想了一下，这才继续道："只有一块地砖背后有字，那块地砖正面好像是画着几只鸟——"

鲁平取出手机，然后翻出那张照片，指着照片，道："大姐，你看是不是这张？"

周允和的眼睛睁大了起来，点头道："是这张，我还记得这一句话，'百个雀儿水上飞，九十九个过山西。'"

我只觉得口干舌燥，忍不住问道："大姨，这块地砖背面呢？有没有写些什么？"

周允和道："好像是写了一首诗。"

我们三人都是一怔："又是一首诗？"

周允和问道："大姐，是什么诗？你还记得吗？"

周允和得意地道："当然记得，是一首唐诗，王之涣的。白日依山尽，黄河入海流，欲穷千里目，更上一层楼！"

我和鲁平对望一眼，同时脱口而出："鹳雀楼！"

第二十章
鹳雀楼

　　周允和笑道："是啊，就是这首《登鹳雀楼》。别的就没什么了。我当时看到这几块地砖的时候，就奇怪，为什么这几块砖有字？于是我就搬了回来。搬回家以后，好好研究了一下，我又查阅了大量古籍，这才确定这几块砖本来是天心阁底层一个叫火浣室的地方的墙砖。那火浣室里面藏着好些珍贵文物，只不过一场大火之后，整个天心阁毁于一旦。火灾之后，便有乱兵来到这里，将火浣室里面的东西全部抢走，随后将火浣室破坏，这些墙砖因为质地坚硬，才免于一难。我将这几块地砖捡了回来，想不到最后还派上用场了——充和，那个壁炉冬天没事的时候，还是要烧一烧——"

　　周充和点点头："大姐，我知道。"

　　我和鲁平喜上眉梢，我们二人此刻已经知道下一步要去哪儿了。

　　鲁平问周充和："那个陈彼得会不会找你麻烦？需不需要我们

帮忙？"

周充和看出我们的去意，笑着道："没事的，强龙不压地头蛇，我虽然不是地头蛇，但是在这里还是有一些人脉的，那个姓陈的老头儿不会把我怎么样，你们放心走吧，我找个人送你们一程。"

鲁平摇摇头："不用了，我们自己打车过去，这样还省得那条老狐狸跟踪我们。"

周充和点点头："鲁大哥、小王，你们俩自己小心。"

我和鲁平点点头，和周充和姐妹告辞，随即在路边叫了一辆车，谈好价钱，一路往山西开去。

第二天一早，我们便到了山西永济。

司机开了一宿的车，依旧精神奕奕，丝毫不累。我们劝说司机休息一下，司机表示没有问题，一定将我们安全送到鹳雀楼。

我心中暗笑："看来金钱的魅力还是很大啊，我们给司机比平常多了一倍的价钱，司机一定暗中笑我们是瓜皮。"

司机一路将我们送到鹳雀楼景区门口。下了车，我和鲁平目送司机离开，这才转头看向鹳雀楼。

这鹳雀楼名气之大，几乎可以算得上是妇孺皆知，王之涣一首《登鹳雀楼》更是让这鹳雀楼名扬天下。

据说还有两首描写鹳雀楼的诗也很有名，一首是李益的《登鹳雀楼》：

鹳雀楼西百尺樯，汀州云树共茫茫。汉家箫鼓空流水，魏国山河半夕阳。事去千年犹恨速，愁来一日即为长。风烟并起思归望，远目非春亦自伤。

还有一首畅当写的《登鹳雀楼》：

迥临飞鸟上，高出世尘间。天势围平野，河流入断山。

这三首诗几乎不分轩轾，但王之涣的尤其出名。

近距离看到这鹳雀楼，似乎距离大唐的那些诗人又近了一些。

鲁平沉声道："既然来了，还是进去看一看吧，虽然那《推背图》不在这里面。"

我一怔，奇道："为什么？"

鲁平看了看四周，低声道："这鹳雀楼最早建于北周，其后经历隋、唐、宋、金七百多年，被成吉思汗的铁骑毁于一旦。原来这个地上剩下的只是一个旧址，明朝太祖爷在世的时候这个故址还在，但是后来黄河改道，这鹳雀楼故址便不复存在了。由于后来前来瞻仰的人太多，当时的官府无奈之下，便将蒲州西城楼命名为鹳雀楼。直到新中国成立以后，一九九二年在百名专家的倡议下，这才于一九九七年十二月在黄河岸边破土动工，重新修建了这座北方第一名楼。所以想要找到这本《推背图》，应该在蒲州西城楼那里去找。"

我问道："那这里还去不去？"

鲁平看了看四周，低声道："咱们进去看一看，时间还早，说不定在这里还能得到一些线索。"

我随即和鲁平买票走进鹳雀楼。一进大门，便看到一座拱形的小桥架在碧波荡漾的湖面上。路边的指示牌显示这座湖叫"鹳影湖"。

走过小桥，迈步登上三百六十九级台阶，我们这才来到鹳雀楼前。

抬眼望去，鹳雀楼有六层，"鹳雀楼"三个烫金大字在阳光下非常显眼。千年前的古风诗韵似乎就在这三个字中回荡。

我笑道："鲁大哥，你说我一看到这鹳雀楼，就想起了王之涣，看到王之涣就想起了鹳雀楼，你说是王之涣成就了鹳雀楼，还是鹳雀楼成就了王之涣？"

鲁平沉声道："王之涣出名的诗歌可不止这一首，他那首《凉州词》你记得吗？"

我有些不好意思："鲁大哥你是说那首'黄河远上白云间，一片孤城万仞山。羌笛何须怨杨柳，春风不度玉门关'？我记得是记得，但是忘了是谁写的，听您一说这才知道，原来这首也是王之涣写的。"

鲁平点点头："王之涣何止这两首诗，其实他写了很多，只不过留下来的却不多。但就这两首便气势恢宏，一首成就了鹳雀楼，另外一首让人记住了玉门关，你说他是不是很伟大？"

我点点头，对王之涣又多了几分敬仰。

走进鹳雀楼，第一层悬挂着一幅巨大的画卷。画卷上模拟了蒲州全景，整个画卷足足有二三十米宽。画上人物繁多，景致曼妙，一眼望去，几乎和张择端的《清明上河图》相仿。

第二层则介绍了运城的历史文化。三楼则是用大幅的场景塑像，生动再现了运城历史上的四大支柱产业——盐业、冶铁、酿酒、养蚕。

我们一路向上，来到鹳雀楼第六层。站在楼上，极目远眺，黄河宛如一条长龙一般，向东奔流而去。我突然之间就体会到了王之涣诗中的意境，也明白了什么叫"立晋望秦，独立于中州，前瞻中条山秀，下瞰大河奔流，紫气度关而西入，黄河触华而东汇，龙踞虎视，下临八州"。

这一刻我真真实实感受到了鹳雀楼的雄伟壮观，怪不得很多诗人在这里留下笔墨。

我和鲁平伫立良久，这才依依不舍地下楼而去。

打了一辆车，司机问我们去哪里。

鲁平告诉司机："我们去蒲州古城。"

司机一呆，奇道："你们去那里？"

鲁平重复了一句："蒲州古城。"

"你们去那里作甚？"

我笑道："师傅，你就拉我们去就好了，我们也不作甚，就是想去看一看。"

司机嘀咕了一句，但还是开车走起。一路上他都在试图说服我们别去，说那个什么蒲州古城都没有人去，你们去了也是白去，不如我带你们去别的地方。

我笑道："师傅，我就想去蒲州古城。"

司机这一次终于不再说话。半小时后，司机带我们来到一个地方，然后指着对面一个长满了荒草的城堡，对我们说："那个就是蒲州古城。"

我有点不太相信自己的眼睛，但是看到古城前面竖立的指示牌后，我终于相信眼前这个就是我们寻找的蒲州古城。

指示牌写着：蒲州古城遗址。重点文物保护单位。下面落款是当地政府，一九八八年建。

我们下了车，鲁平给司机付了车钱，打发司机回去。直到看不见出租车的影子，鲁平这才告诉我："应该就是这里——"

蒲州古城看上去十分破败，低矮的城楼上零星的荒草正在随风摇摆。东面城墙破败不堪，仅存一个完好的城门。城门上有铁门把守，只是铁门上的铁栏杆少了一根。

我和鲁平侧身挤了进去，来到门洞里面，抬眼望去，只见门洞上镶嵌着一块石匾。石匾上写着一行字：

砌石为路，以便人行，践斯石者，福寿康宁。

——大明万历癸巳秋吉

我低声道："看来这古城在万历年间被重新修缮过一次。"

我们继续向前，走到古城中，只见城门两侧的墙向南北延伸。在城中心的位置，有一座方方正正的鼓楼，鼓楼的西边是一扇保存完好的城门。由于泥沙淤积，原来的城墙大部分被埋没于泥沙之下，只露出约两米的城头，城门下面的拱形通道看起来便像是地下通道。鼓楼背面十几米开外则是一眼水井。

我们走了过去，俯身望去，只见水井已然干涸。

我和鲁平走到鼓楼上，四处望去，只见这古城的轮廓依旧存在，可以看到北门的通道，南门则已消失不见。

鲁平看了看，随后带着我一路来到古城南面。一片断壁残垣中，哪里有半点《推背图》的影子？

难道线索到这里中断了吗？

鲁平有些烦躁，来来回回走了几步，忽然停住脚步，对我道："王看山，你说咱们是不是寻找的方向错了？"

我心中一动，鲁平这句话提示了我，让我想起了一些东西。我想了想，这才缓缓道："鲁大哥，我感觉咱们寻找的方向应该没错，就是这鹳雀楼，而且你猜测得也正确，那《推背图》绝无可能在新建的鹳雀楼中，只应该在这古城里面——"

鲁平听我这么一说，眉目这才舒展一些。

我继续道："鲁大哥你记不记得咱们第一个线索是在哪里找到的？"

鲁平道："在范家祠堂地下——"

我笑道："对，就是地下，严格地说是在土中，所以便符合当年朱重八在梅岭秘洞石壁上的留言。我觉得朱重八应该是有这么一个设定，即这五份《推背图》严格按照五行的说法，指向土方位的残本便埋在土中。指向火方位的残本便藏在火中——所以天心阁那本《推背图》便被砌在火浣室的墙壁上，不可思议的是，周家姐妹把它作为壁炉的墙砖砌了进去，这也应了放在火中这个设定，算是冥冥中的巧合吧。鹳雀楼在北方，北方壬癸水，那么这第三本残本应该在水位——那么一定是——"

我和鲁平全都转过身去，望向这古城里面唯一的一口水井。

鲁平按捺不住激动的心情，快步向那眼干枯的水井奔去。我跟在后面，来到水井跟前。

鲁平扒着井壁慢慢溜了下去。

好在这水井并不深，井下也已干涸，所以下去并无危险。

鲁平到了井下，细细查看，不一会儿的工夫，便"咦"了一声。我知道他一定是发现了什么。

鲁平兴奋道："小兄弟，这井壁下面果然有《推背图》，只不过《推背图》是刻在这水井的砖壁之上，也是一共十二幅。这一次是从第二十五象开始，上面的谶已然有些模糊不清，好在那个颂倒是还能看清——"顿了顿，鲁平一字字念道，"'鼎足争雄事本奇，一狼二鼠判须臾。北关锁钥虽牢固，子子孙孙五五宜。'这一段是说蒙古铁木真称帝离河，元朝共历十主。这蒲州古城还有那鹳雀楼就是毁于铁木真的铁骑之下。"

鲁平细细看了一遍，随后喃喃自语："难道线索也藏在这井壁后面？"

鲁平看了看四周，似乎有些犹豫不决。我知道他是在想怎样才能找到线索。

要是将这水井墙壁全部打开，那么岂不是有损文物？我感觉还是有的放矢的好，这样就需要精确找到藏有线索的那块壁砖。

可是这么大一口水井，又如何知道当年朱重八将那《推背图》藏在哪一块砖后面？

我忽然想起一件事来，我告诉鲁平："鲁大哥，我觉得天心阁那十几块壁砖应该是有字的在里面，刻着《推背图》卦象的全都封在墙壁里面，而写着《登鹳雀楼》那首诗的壁砖应该是可以看得到的。普通人看到也只知道是王之涣的一首诗，不会想到其他，只不过火浣室被人破坏，那些地砖这才呈现出来，而这眼水井装这些壁砖的时候，却不用这样——"

鲁平皱眉道："为什么？"顿了一下，鲁平这才醒悟过来，"哦，因为这一眼水井。"

我笑道："对啊，这水井当年一定是满满的水，谁也不会想到，有一天这古城会没有人居住，这水井也没人想到会干涸，所以如果藏了秘密的话，那么就应该在石壁之后。你现在敲一下，看看哪一块壁砖后面有空洞的声音，说不定《推背图》就藏在那一块壁砖后面。还有，你看一下，那些有字的壁砖是不是少了《推背图》里面的卦象？如果少，是不是少第一块和第十块？"

鲁平又细细查看了一下，皱眉道："从第一块有字的壁砖算起，一直往左，到第十块壁砖上只是一块白砖，没有《推背图》的卦象。第一块倒是不少，就是上面的谶言模糊不清。"

我兴奋道："那你就敲一下第十块。"

鲁平依言，随即兴奋道："这壁砖后面是空的。"

我一颗心怦怦直跳。

鲁平从背包之中取出一枚折叠的工兵铲，然后小心翼翼地将那一块壁砖撬了出来。壁砖撬出来以后，鲁平随即伸手进去，不一会儿工夫便从壁砖后面的孔洞里掏出一个小小的观音。

鲁平一怔，再次把手伸入砖孔里面，这一次却一无所获。随后鲁平将那观音放入怀中，工兵铲折叠好，顺着井壁爬了上来。

上来之后，鲁平取出那一尊小小的观音，正要递给我，甫一抬头，鲁平脸上的喜悦便即凝固。

我一呆，奇道："怎么了？鲁大哥。"

鲁平沉声道："咱们的好朋友来了。"

我急忙转过身来，只见在我身后数十米开外，陈彼得和金刚、王理事三个人正在靠近。

我心里一沉："糟糕，这四个人怎么又追来了。"

我暗暗嘀咕："打不过就赶紧跑。"

我转身向另外一侧看去，此刻罗汉却在眼前。

事情向着不可控的方向发展。

我大脑急速转动，思索脱身之策，只是当下的情势，恐怕我们无法全身而退。

我看向鲁平，鲁平依旧一脸淡定，就那样静静地看着陈彼得。

陈彼得带着金刚、王理事一直走到我们身前四五米开外，这才停了下来。只见陈彼得脸上露出一丝得意的微笑："鲁先生，别来无恙啊！你手里的东西能不能给我看一看啊？"

鲁平淡然道："陈先生你要这个观音没用。"

陈彼得眼珠一转，"嘿嘿"一笑："怎么没用？我拿回家供起来，保佑我升官发财啊！"

鲁平淡淡道:"你都有那么多钱了,还想发财?这钱多了可不是什么好事。你在国外这么多年,难道还在为物欲所累?这个有点不应该。"

陈彼得哈哈一笑:"只要人活着,谁不为物欲所累?没有人吧?"顿了顿,陈彼得招呼金刚,"金刚,你去鲁先生那里把那一尊观音拿过来。鲁先生太见外了,看来我那八十万不起作用啊!"

这个陈彼得话里有话。

鲁平沉声道:"陈先生的八十万是去梅岭秘洞的钱,跟这个观音可没有半点关系。"

金刚大步上前,一把将那观音从鲁平手里夺了过来,恶狠狠道:"拿来吧!哪那么多废话!"随后金刚走回陈彼得身前,将那观音递给陈彼得。

陈彼得没有接,而是示意王理事。

王理事戴上手套接了过去,然后取出一枚放大镜,对着那一尊观音仔细观摩。

第二十一章
杨柳观音

我骂道："不要脸。"

陈彼得装作没有听到，只是笑吟吟地看着王理事。

金刚瞪着我："你骂谁？"

我冷笑道："谁抢人东西我就骂谁。"

金刚大怒，正要上前，陈彼得笑道："别跟小孩子一般见识，咱们的目的是东西到手，管他要不要脸，要脸怎样？不要脸怎样？"

我骂道："你真无耻啊，姓陈的。"

陈彼得居然有些扬扬得意："过奖过奖。"

我气得说不出话来。

鲁平静静道："陈先生，观音你们已经到手了，我们就不奉陪了。"他对着我说："我们走。"

陈彼得笑道："先别着急走，咱们好不容易见到，我这里还有一些事要请教二位。"陈彼得的话说完，金刚和罗汉早已一前一后，将我和鲁平夹在里面。

我气道："姓陈的，有话说，有屁放！"

陈彼得居然还不生气，依旧慢条斯理道："稍等，等王理事先出结论。"

鲁平拍了拍我的手，示意我少安毋躁。

我这才慢慢将一颗心沉了下来，我倒要看看陈彼得葫芦里面卖的是什么药。

过了好一会儿，王理事抬起头来，看着陈彼得道："这尊观音是明代的木制观音，材质是水曲柳，水曲柳和胡桃楸、黄菠萝被称为我国东北最珍贵的三大硬阔树种。明代的观音躯体结构匀称，宽肩细腰，身材和面部均显得丰满，细眉长目，高鼻薄唇，额头较宽，大耳下垂，表情庄重而不失柔和。这观音右手持杨柳枝，左手结无畏印，所以是观音里面的杨柳观音。观音有三十三分身，这一尊便是其中之一，又叫药王观音。"

陈彼得点点头："原来这么一尊小小的观音，居然也大有来历。"说罢，陈彼得目光一转，望向鲁平："鲁先生，你不想知道我们是怎么找到你的吗？"

鲁平淡然道："知道又怎样？不知道又怎样？陈先生，不用这么多废话了。你就说你想干什么吧。"

陈彼得笑道："跟聪明人打交道就是省事。既然这样，那我就直说了。这尊观音，你从水井里面取出来时，指向哪里？"

鲁平看着陈彼得，足足盯了有一分钟之久，这才缓缓道："我告诉你了，我会有什么好处？"

陈彼得笑道："好处嘛，自然就是我们不再纠缠你了，鲁先生，你要知道，我要纠缠你，恐怕你不会好受的。"

陈彼得这番话倒是没有说错。以陈彼得表现出来的实力，再加上他的背景、人脉，想要鲁平不好受简直易如反掌。

鲁平又沉默了一会儿，忽然冒出来一句话："我有些饿了。"

我们都是一呆，所有人都没有想到鲁平在这个时刻，居然会说出这么一句话来。

我心中暗道："鲁大哥这么做肯定有别的用意，最起码拖延一下时间，时间一长就会发生很多变化。不管这个变化对我们是好是坏，总好过在这里束手无策。就是不知道那个老狐狸会不会答应。"

金刚喝道："姓鲁的，你这样拖延下去是没有用的。"

说罢，金刚迈步上前，看样子是要收拾鲁平。

陈彼得微微一笑，伸手拦住金刚："鲁先生既然饿了，咱们就回永济给鲁先生接风洗尘。"

鲁平静静道："多谢。"

陈彼得笑道："鲁先生客气了，这个木观音的事情还要请鲁先生多多指教，一桌薄宴，鲁先生还请不要客气。请——"陈彼得侧身让到一旁。

我心里暗道："到了外面，难道我们不会跑吗？"我看向鲁平，发现鲁平还是一脸淡定。

我和鲁平在前面走，陈彼得带着金刚、罗汉、王理事四个人在后面，只听得陈彼得嘱咐罗汉："回头你给周大夫打个电话，让他好好照顾葛女士，葛女士正在恢复期，要是有个什么闪失，守在病房外面的那几个兄弟可就会教他好好做人了。"

陈彼得这几句话虽然声音很低，但是却清晰入耳，显然是说给我和鲁平听的。我注意到适才还一脸从容的鲁平，此刻脸上却出现了一丝紧张和恼怒。

我立时明白，那个葛女士一定是鲁平身患重病的妻子，要不然他不会这么紧张。

现在怎么办？蝮蛇螫手，壮士犹能断腕，但这一次鲁平重病的妻子掌握在对方手里，恐怕只能任人宰割了。

蒲州古城遗址外面停着一辆奔驰、一辆奥迪，陈彼得和金刚让我们坐进前面那辆奥迪，罗汉则和王理事坐上奔驰，金刚和罗汉一人开一辆，将我们带到了永济的古城酒店。

坐到酒店包间里面，罗汉点了菜，不一会儿工夫，当地的一些特色菜肴便如流水一般送了进来。

陈彼得对我和鲁平道："二位请。"

我吃了几口便放下筷子，看向鲁平。鲁平似乎也没有胃口，也只是简单吃了几口菜，便对陈彼得道："那观音拿过来我看看。"

陈彼得目光闪动，迟疑道："刚才王兄不是已经详细介绍了吗？"

鲁平沉声道："我要看一看才知道，他说的不算数。"

王理事的脸唰地红了，喝道："我说的为什么不算数？我王希翼在古玩街混了这么多年，还没有人说我看得不准。"

鲁平根本就不看他，而是继续对陈彼得道："我看不到那尊观音，就没有什么可说的了。"

陈彼得想了想，这才吩咐罗汉将那尊木观音拿了出来。

罗汉将那木观音递到鲁平面前，鲁平接了过去，拿在手中仔细看了一遍，随后将那木观音底部朝上看了看，然后放下。

陈彼得咳嗽一声："鲁先生，这一次你可以说了吧？"

鲁平看着陈彼得，缓缓道："你怎么知道的？"

陈彼得迟疑道："你是指——《推背图》？"

鲁平点了点头。

陈彼得笑道："我们和这位小兄弟还有司马大哥同属北斗七星一脉，他们知道，我自然也就知道了，你说是不是？"

鲁平沉声道："既然这样，那我也不隐瞒了，这木观音其实是找到《推背图》的第四个线索。当年太祖爷按照五行方位将《推背图》分为五份，藏在五个地方，每一个地方都跟上一次留下的线索有关，第一个线索是天一生水，我们当初以为是指五行里面的水位，其实不是，而是土位。毕竟天一生水下面还有四个字，地六成之，这地自然是土。这里虽然解释起来有些牵强，但是我们在天一阁的范家祠堂里面找到那第一份《推背图》的时候，我们便已经知道，我们的推测没有错。

"那份残本就藏在范家祠堂的地板之下，也就验证了我们的推测，随后我们根据第一份《推背图》后面的'燧'字，顺藤摸瓜找到了天心阁火浣室里面的壁砖，随后从壁砖里面找到第三条线索——鹳雀楼。第三份线索印证的是五行里面的水位，北方壬癸水，所以这第四条线索就一定在水位，于是我们就想到了蒲州古城那一眼水井，下到水井里面，也就找到了这尊观音。

"这观音自然对应的是五行里面的木，而观音最著名的地方，就是——"

其他人听得聚精会神，讲到这里，王理事兴奋道："普陀，普陀——"

鲁平点点头："正是，这观音指的就是浙江普陀山。那第四份《推背图》一定在普陀山的某个地方。"

其他几个人听得入迷。过了好一会儿，陈彼得给鲁平鼓掌。

陈彼得赞道："鲁先生，想不到你这么聪明。"

鲁平摇摇头："这些是我和这位小兄弟一起研究出来的。"

我有些汗颜，急忙道："哪里哪里，都是鲁大哥的功劳。"

陈彼得眼珠转了转，笑道："就是还要劳烦鲁先生想一想，这第四份《推背图》在普陀山哪个地方？"

鲁平装出一副吃惊的样子："刚才王理事验看这尊木观音的时候，没有发现吗？"

王理事脸上一红，道："发现什么？这就是一个普普通通的木观音。"

鲁平再次将那木观音拿了起来，底部对着大家，沉声道："你们看，这底部是不是有两个字，一个'普'，一个'济'，这明明就是告诉得到这木观音的人，普济——"

鲁平目光从众人身上一一扫过，缓缓道："普济是什么？"

王理事犹豫了一下，道："你是说普济寺？普陀山的普济寺？"

鲁平点点头："是啊，第四本《推背图》就在普陀山普济寺。"

屋子里一下子沉寂下来。

良久，陈彼得才悠悠道："原来在普济寺。"随后陈彼得狠狠地瞪了王理事一眼。

王理事有些尴尬，赔笑道："刚才我没注意这个观音的底部——"

我心中感觉好笑，但是却升起一丝疑惑——我刚才也在一旁看到了那木制观音的底部，的确是有"普""济"二字，只不过"普""济"二字中间有一片空白，就好像"普""济"中间还有两个字一样。

鲁平将那木观音放到桌子上，推向陈彼得："陈先生，你们要找那木观音，就尽管去吧，我和这位王兄弟还有些事情，这就告辞了。"说罢，鲁平站起身来。

陈彼得笑道："鲁先生，你不能走。"

鲁平一怔，皱眉道："为什么？难道陈先生心中还有什么不解之谜吗？"

陈彼得笑道："是这样，既然第四条线索已经出来了，那就劳烦这位王看山小兄弟跟我们走一趟，将那第四份《推背图》取出来，到时候我们便不再为难二位。在这之前，还劳烦鲁先生跟罗汉在这里住几天，等我们那里一有消息，就立时让鲁先生回家。你们二位看怎么样？"

我心里暗骂："这个老狐狸，居然拿鲁平的媳妇要挟鲁平，然后让鲁平在这里当人质，用来要挟我，这个打算可太精明了。"

我道："我是没有问题，可是这个事有些问题。"

陈彼得问道："什么问题？"

我继续道："如果到了普陀山普济寺，我找不到那第四份《推背图》怎么办？难道你们就一直扣着鲁大哥？"

陈彼得迟疑了一下，这才沉声道："这样吧，只要你带我们到了普济寺，找不到我们也不为难鲁先生，立刻就放人，你看怎样？"

我点点头："好，君子一言——"

陈彼得正色道："驷马难追。"

就这样，我带着陈彼得和金刚、王理事坐上了去宁波的飞机。也可以说，陈彼得和金刚押着我，坐上了去宁波的飞机。

鲁平和罗汉则留在永济等我们的消息。

上了飞机，我便闭目养神，我可不愿意和陈彼得、金刚多说一句话。

过了两分钟，我听到一个熟悉的女子声音在我耳旁响起："王大哥，让一下，我的位子在里面。"

听到这个声音，我的心立刻沉了下去……

第二十二章
再见故人

我向后动了动身子，把腿往后收了收，那个女子侧身进到里面，对我微微一笑："王大哥。"

这女子的笑容甜美可爱，但是我心里五味杂陈。

这个人正是司马姗姗。

司马姗姗见我不说话，脸上的笑容慢慢消失，随后楚楚可怜地对我道："王大哥，你为什么不辞而别啊！我出来以后，找不到你，你不知道我多着急。"

我道："你爷爷呢？没跟你一起来？"

司马姗姗脸上的表情慢慢凝固，过了好一会儿，这才迟疑道："你都知道了？"

我心里暗骂："你骗老子的事老子自然知道，其他的我可不知道。"

我笑眯眯地看着司马姗姗，道："你有什么想告诉我的吗？"

司马姗姗抬起头，四处看了看，似乎在观察陈彼得他们有没有注意到她。

看完之后，司马姗姗这才低下头，取出手机，打开，在手机上的记事本里面写下一段话——我也是迫不得已。陈彼得用我爷爷做人质，胁迫我将和你在一起的全部信息告诉他，我没有办法，只能答应。

我看着她，然后取出手机，在手机的记事本里也写了一句话："这一次呢？还是被陈彼得胁迫？"

司马姗姗郑重地点头。

我心道："我信你个鬼。"

我在手机记事本上写道："我现在和你一样了，也是被陈彼得胁迫去找《推背图》。"

司马姗姗眼睛里冒出一个大大的问号，随后在记事本上写道："我听说那第四份《推背图》在普陀山普济寺？是真的吗？"

我看着司马姗姗满是疑问的眼睛，重重地点头，随后将嘴巴凑到司马姗姗耳朵边，低低道："木观音上写着普济寺的名字——自然是真的。"

我的脸上沾到司马姗姗柔顺的发丝，一股沁人心脾的发香从我的鼻端钻了进去，我的心不由得一荡，一颗心随即怦怦直跳，可耻的是，我居然起了反应。

我只能眼观鼻、鼻观口、口观心，强行按捺住脑海里的思绪。过了一会儿，我偷偷向司马姗姗望了过去，只见司马姗姗正在看着我，一张脸也是绯红一片。

我咳嗽一声，急忙岔开话题："你爷爷呢？也在飞机上？"

司马姗姗摇摇头，低低道："我爷爷没有来，他身体不舒服，回老家休养了。"

　　我看向司马姗姗，认真琢磨她说的每一句话的真假。

　　到了宁波机场以后，我们打了一辆出租车，陈彼得、金刚、司马姗姗和我上了车，奇怪的是王理事不知道跑哪里去了。

　　陈彼得不提，我也不问。罗汉招呼司机一路开到宁波南站，然后换乘高速大巴到了舟山沈家门，坐上快艇，十五分钟以后，我们就到了佛国圣地，观音菩萨的道场——普陀山。

　　下了快艇，迈上普陀山的刹那，我心底竟然有一种奇怪的感觉。

　　我似乎曾经来过这里，但是在我记忆里面，我的确是第一次来到这海天佛国。

　　陈彼得看着我，问道："来过这里？"

　　我摇了摇头："我是第一次来。"

　　陈彼得没有再说话，但是他脸上的神情显然是不太相信。

　　罗汉在前领路，陈彼得和我、司马姗姗跟在后面。我们沿着海边栈道一路向前，走着走着，便看到一尊巨型观音。

　　观音像宝相庄严，左手托法轮，右手施无畏印。

　　陈彼得看到这尊观音之后，居然双手合十拜了一拜，口中喃喃道："千处祈求千处应，苦海长做渡人舟。菩萨了我心愿吧。"

　　我心里暗骂："老狐狸，观音菩萨才不会保佑你呢，难道保佑你发不义之财吗？"

　　走过观音像，我们一路来到普济寺前。

　　陈彼得低声道："那第四份《推背图》就在这里？"

　　我悄声告诉他："我也不知道具体在这寺庙里哪个位置，木观音上只写着'普''济'两个字，咱们只能按图索骥，来这里找找看，至于找不找得到，那就看天意了。"

陈彼得让罗汉去买了四张票，分给了大家。

我和司马姗姗、陈彼得、罗汉四个人排队过了检票口，然后从侧门进去。

司马姗姗低声问道："王大哥，这个普济寺为什么放着好好的正门不让进，非要让咱们走偏门？"

我摇了摇头："这个我也是第一次来，不太清楚。"

陈彼得笑道："据说跟当年的乾隆有关系，乾隆有一次夜游普陀山，被这海天佛国的夜色所迷，居然忘了时间，当他回到普济寺的时候，寺庙的大门已经关闭。乾隆的随从要寺庙打开正门，把门的和尚慑于威严，急忙跑回庙里，询问方丈大师。方丈告诉守门和尚：'国有国法，寺有寺规，除非皇帝老子，否则的话，谁也不开。'小和尚跑回去的路上摔了一跤，结果回复的时候，就变成了'住持方丈说了，国有国法，寺有寺规，就算皇帝来了，也不能开'。"

乾隆没办法，只能从东山后门进入寺内。乾隆摆驾回宫后，龙颜震怒，随即下了一道圣旨——从此以后，普济寺正门不能再开。

自那以后，这普济寺的正门也就很少开了。据说只有国家元首来访，菩萨开光日，或者方丈第一次进门时才能打开，其他时间，基本就不开了。"

司马姗姗恍然而悟："原来是这样。"

我们沿着普济寺的中轴线一路前行。

这普济寺又叫前寺，是普陀山最古老的寺院，也是普陀山最大的寺院，和法雨寺、慧济寺并称为普陀山三大寺。全寺共有六进殿堂，自南向北贯穿在这一条中轴线上。

寺内有大圆通殿、藏经楼、天王殿等，殿、堂、楼、轩共计三百五十七间。

我们先去的大圆通殿，进殿之后，便看到一尊男身观音。陈彼得意不在此，也就草草拜了一下，随即离开。沿着中轴线继续往前，文殊殿、普贤殿、大雄宝殿……

走了半个小时，陈彼得眉头慢慢皱了起来。来到伽蓝殿的时候，陈彼得停了下来，问我道："小兄弟，那木观音所指的是这里吗？我怎么感觉咱们跟没头苍蝇一样？"

我两手一摊："陈先生，不好意思，我早就跟你说了，我们知道的信息跟你一样多，到这普陀山来，也只是撞大运，碰碰运气，说不定就能找到那第四份《推背图》。我可从来没打包票能够找到。"

陈彼得脸色一沉，似乎想要发怒。

我笑道："都到了这伽蓝殿了，陈先生你还不拜一拜？这伽蓝殿可是求财的。"

陈彼得抬头看了看，随后走到伽蓝殿里面，拜了拜佛。出来以后，陈彼得脸上的不满全都消失了，看着我笑眯眯道："刚才菩萨说了，第四份《推背图》就在这普陀山上，让我们好好找找。"

我笑道："刚才菩萨也跟我说了，说那《推背图》不在这里。"

陈彼得脸上的笑容慢慢凝固，过了好一会儿，他才干笑道："这个菩萨对我说在这里，跟你说没在这里，那么不在这里，就是在别处。这样吧，你跟司马姑娘去别处看看，我和罗汉在这里再找找看，咱们分头找，回头去码头集合。"

我心中一喜。这个陈彼得居然让我和司马姗姗单独寻找。这正合我意，但我脸上还是假装不情愿的表情："这样不好吧，我身上也没带多少钱，寻找这么贵重的东西，总是要四处打听的，打听就要费用——"

陈彼得不等我说完，招呼一旁的罗汉："给王看山一张卡——"

我笑道："我不要卡，现金就行。"

陈彼得道："好，罗汉，你给他五万现金，再给他一张卡，备着，有备无患。"

罗汉从钱包里取出一张卡递给我，然后又从背包里面取出五沓整整齐齐的钞票递给我，脸上带着不屑的表情道："这些够吗？"

我连忙点头，口中连声道："够了够了。"我对陈彼得道："这个钱花了可就花了。"

言下之意自然是这些钱属于我。

陈彼得哈哈一笑。

我故意表现出贪财的样子，就是为了迷惑这条老狐狸。毕竟人无癖不交，有了癖好的人就有弱点，我要让这老狐狸相信我的弱点就是贪财。

我对陈彼得道："那我们就在普陀山四处转转，回头码头上见。对了，你是不是该给金刚打电话，让他放了鲁大哥了？"

陈彼得"哦"了一声，随即取出手机。过了一会儿，陈彼得大声道："金刚，将鲁先生放了，你赶快乘飞机来宁波，咱们在宁波会合。嗯……好……就这样，你也吩咐兄弟多照顾葛女士一下，好，就这样。"

放下手机，陈彼得微笑道："我已经安排好了，你放心。"

我点点头道："好，那我们就走了。"

陈彼得嘱咐司马姗姗："司马姑娘，照顾好王看山。"

司马姗姗"嗯"了一声，快步追上我，跟着我一起向普济寺门外走去。

我心里暗骂："这老狐狸，让司马姗姗照顾我，不就是让她监视我吗？老子这还想不到？再说了，你刚才在老子面前耍把戏，假装打通电话，老子早就听到了，那边根本就没接，你自己自说自话是什么意思？老子北斗七星一脉的人，别的功夫不怎么样，但是耳音还是极灵敏的。"

我心中暗自琢磨，到了外面，找个机会甩掉司马姗姗，然后赶紧给鲁平打电话，问问他怎么样了。

我正在琢磨的时候，身后一个十七八岁的戴着深色帽子的女孩子挤了过来，硬生生从司马姗姗身旁挤了过去。司马姗姗喊了一声："小姑娘看着点。"

那女孩子也不说话，径直走到景区出口，随着人流走了出去。

我看着那个戴帽子的女孩子的背影，觉得有一点熟悉，心中不禁暗自奇怪。

跟着人流，我和司马姗姗来到景区出口，我在前面走。谁知道后面传来司马姗姗慌乱的声音："你们拦着我干吗？为什么不让我出去？"

我停住脚步，转过身，只见司马姗姗被两个身穿保安制服的男子拦住，其中一名男子大声道："这位姑娘，有人举报你身上持有非法文物，麻烦你跟我们走一趟。"

我呆住，不知道司马姗姗身上发生了什么事情，就在这时，一个人走到我身旁，低声道："跟我走。"

我转头一看，只见刚才那个撞了一下司马姗姗的戴帽子的女孩正迈步向南面走了过去。

我心中一动，随即迈步走了过去。我身后传来司马姗姗大声呼叫的声音："王大哥，王大哥——"声音越来越远。

我一路跟着戴帽子的女孩来到南海观音巨像跟前，那女孩停了下来，还未说话，我就见南海观音背后走出一个人来。

我大喜，上前一把抓住那个人的手："鲁大哥，你怎么来了？"

这个人正是鲁平。

鲁平微微一笑，沉声道："咱们现在先去找到那第四份《推背图》，有什么问题，咱们路上边走边说。小敏，你现在去买回宁波的票，我们东西一到手，就立刻去码头，你在码头等我们。"

那个戴帽子的女孩点点头，转身走了。

我奇道："这位是——"

鲁平低声道："我女儿鲁敏。"

我这才知道，原来鲁平有一个这么大的女儿。

鲁平带着我，从另外一条路一路上山。我低声问道："鲁大哥，咱们现在去哪儿？"

鲁平沉声道："普陀慧济寺。"

我一怔："这个是不是跟那木观音有关系？"

鲁平笑道："还是你聪明，那木观音上面写的普济两个字中间有一处空白，我当时就感觉很奇怪，后来细细想了一下，觉得那空白处原来应该有两个字，只不过被人处理了。那两个字是什么？我想了很久，觉得应该是普陀山的陀，和慧济寺的慧，那尊木观音指向普陀是没错的，然而普陀山上和这个济字有关联的除了普济寺，就是慧济寺了，然而木观音上绝对不会写上'普陀普济'这四个字，这样也没有必要，所以我推测，最大的可能便是'普陀慧济'。"

顿了一顿，鲁平继续道："还有一个重要佐证的点，普济寺创建于后梁贞观二年，而慧济寺则是明初一个叫圆慧的和尚建造的，当初叫慧济庵。这个圆慧当年是太子府的一名近身护卫，当时还不叫圆慧，叫作袁有德，太子朱标身旁的红人，也深得朱元璋赏识。洪武二十五年朱标去世之后，袁有德便同时消失了，他再出现的时候，便是在这普陀山了，他出家为僧，法名圆慧。圆慧大师建造慧济庵以后便一直住在这里。我看完圆慧大师的资料，心中便有一个感觉，这个圆慧一定跟《推背图》大有关系。

"咱们只要到了慧济寺，便可以验证我的推测到底是不是对的。"

慧济寺在普陀的佛顶山上，我们走了很长一段山路，这才来到慧济寺门口。买了票，进了景区，鲁平没有四处游逛，而是径直找到景区的一位僧人，然后从怀中取出一枚黑黝黝的鲁班矢，递给那名知客僧，沉声道："麻烦法师，把这个交给住持方丈。"

那知客僧看上去三十来岁的样子，看到那鲁班矢，他犹豫了一下，这才伸手接了过去，问道："这个是什么东西？箭头？"

鲁平点点头："法师拿过去给方丈，方丈就知道了。"

知客僧皱眉："我们方丈现在正在会客。"

鲁平沉声道："没关系，我们在这里等一下，法师还是将这个拿给方丈，这个对方丈很重要。"

那知客僧半信半疑地拿着鲁班矢走了。我和鲁平就站在寺庙中，四处望去，只见这寺西面，一棵棵古木参天而立。西面公路边一块块方形巨石似欲凌空，裂纹从中间裂开，如斧劈刀切一般。山坡下怪石嶙峋，山上双峰垒峙，山顶上一块块白石层层叠叠堆积在一起，如积雪一般。

目光所及，这佛顶山上美景无数，鼻中更是阵阵佛香。先前心中的一丝焦虑，也慢慢化为乌有。

就在我们心旷神怡的时候，那知客僧急匆匆赶了回来，看到我们，立刻满脸堆笑道："我们住持有请两位去方丈室一见。"说罢，他侧身引路。

我们在知客僧的引导下来到一间精舍。精舍两侧写着一副对联：乾坤容我静，名利任人忙。

知客僧道："这是我们住持写的。"

我道："这副对联里面有恬淡冲融、不食人间烟火的味道，原来是方丈大师手笔。"

知客僧脸上露出一丝得意，跟着走到精舍门口，恭恭敬敬道："方丈大师，那两位贵客已经在门口相候。"

过了几秒钟，精舍里面传出一个苍老的声音："请二位贵客进来。"

知客僧这才小心翼翼地打开精舍的门，随后侧身站在一旁。我和鲁平一前一后走了进去。那知客僧随后将门关上。

精舍里面布置得极其整洁，一方茶几，茶几旁有四个蒲团，方丈此刻正坐在北面的蒲团上，看着手中的鲁班矢。

我和鲁平恭恭敬敬地行了个礼，齐声道："方丈大师。"

方丈大师微微一笑，随即摆手道："二位请坐。这里稍稍有些简陋，二位不要介意。"

鲁平道："方丈大师客气了。"随即在南面蒲团上坐了下来。我坐在东面。

只听方丈沉声道："不知道二位贵姓。"

鲁平道："免贵姓鲁。这位小友姓王。"

方丈大师白眉一扬："姓鲁？和木匠的祖师爷有渊源吗？"

鲁平沉声道："不敢隐瞒大师，我们鲁家正是祖师爷的嫡系传人。"

方丈点点头："那想必也是缺一门的门下了？"

我心中好奇，这方丈居然什么都知道，缺一门这么隐秘的门派他都有所了解，真是世外高人。

鲁平恭恭敬敬道："是。"

方丈问道："你来这里有什么事情吗？鲁先生。"

鲁平眼望方丈，沉声道："方丈大师，我来这里，是想用这鲁班矢来换一个东西。"

第二十三章
六柱鲁班锁

方丈大师望着鲁平，足足有两分钟之久，这才微笑道："好。"

真是"踏破铁鞋无觅处，得来全不费功夫"。想不到这第四份《推背图》还真的在这慧济寺中。

方丈大师微笑道："我们慧济寺等了几百年了，这鲁班矢终于来了——你知道这里面的来龙去脉吗？"

鲁平老老实实答道："一知半解。"

方丈大师看了看我，问道："这位小友既然是你带来的，与闻其事，应该没有问题吧？"

鲁平点点头："没问题，大师。"

方丈大师这才给我们讲起了这慧济寺和鲁班矢的渊源。

原来慧济寺的第一任祖师圆慧就是鲁平所说的那位太子府的近身侍卫袁有德。袁有德被太子赏识，终日跟随左右，这才得以被太祖知道。待太子病故，袁有德正自郁郁之际，忽然深夜之中，被太祖召到了宫里。

太祖于密室里召见袁有德，派给他一个任务：让他将一个锦匣拿着，带在身上，而后去普陀山找一个无人的地方藏起来。

袁有德拿着那锦匣一路来到普陀山，随后在佛顶山找了一个地方住了下来。转眼十年过去，太祖驾崩，袁有德落发为僧，然后嘱咐后人，务必将这锦匣保管好，等有一天，会有一个拿着鲁班矢的人来到这里，取走这锦匣。因为太祖吩咐过，让他等这么一个人，这个人是缺一门的人，无论这个人什么时候来，都要将这锦匣完好无损地交给来人。

这条遗命便一代一代传了下来。每一代慧济寺的住持都知道这件事，只不过到后来，已然没有几个人相信，毕竟几百年已经过去，那个拿着鲁班矢的人始终没有来。

方丈大师将这件事当作一个传说，本来并不相信，谁知道这天终于来到，鲁平带着鲁班矢找上门来了。

这鲁班矢和历代住持口口相传的鲁班矢一模一样，再加上鲁平是缺一门的人，这便更加让方丈大师确信无疑。

方丈大师讲完，对鲁平道："鲁先生，既然你是缺一门的人，又拿着这枚鲁班矢，那么这锦匣理应给你。"说罢，方丈大师缓缓起身，走到墙壁跟前，墙上挂着一幅千手观音的图画。

方丈大师掀开那幅画，然后右手在墙壁一处按了一下，墙壁上随即显出一个四四方方的孔洞。方丈大师伸手从那孔洞里面取出一个四四方方的盒子，盒子上面盖着一方锦缎。

锦缎上描龙绣凤，看上去极为华丽，但是锦缎色泽有些发暗，显然这锦缎也是年代久远之物。

方丈大师将锦匣放在方几之上，随后将锦缎小心翼翼地拿了下来。

我和鲁平的目光立时全都落在那锦匣之上——只见锦匣上面绘着一幅大漠流沙图。

锦匣上，一轮弯月，万里黄沙，一座孤零零的城堡就那样伫立在凄冷的弯月之下。

我心中赞叹不已——想不到在这锦匣的方寸之间，居然能够将一幅大漠流沙图表现得这么栩栩如生，宛如真的一样。

奇怪的是，这锦匣开启的地方居然是用六根木头勾连在一起的机关。

我看到这木头，心中一惊，忍不住道："这是六柱鲁班锁啊！而且这木头看样子是蚬木。"

蚬木又称为火木，木质硬如钢铁，过去常常用作轴承。

方丈大师点点头，道："正是，这位小施主眼力很好，这锦匣正是蚬木所制。"随后方丈大师将这锦匣推到鲁平身前，微笑道："这个锦匣以后就是你的了，鲁先生。"

鲁平沉声道："是这样，方丈大师，我们来这里其实只是为了看一看这里面的东西，看完之后，这东西还归贵寺所有，这个毕竟在慧济寺藏了这么多年，也算是镇寺之宝了，我可不能拿走。"

方丈大师犹豫了一下，这才为难道："鲁先生这样安排也行，只不过老衲还是要告知鲁先生一件事——老衲听上一代掌门说起过，这锦匣中空，里面隔板之中藏有硫酸，开启之际如果转动这六柱鲁班锁错误，那么藏有硫酸的器具便会被立刻破坏，硫酸涌出，将里面藏着的东西腐蚀。所以，鲁先生开启的时候，千万千万不能失手——"顿了一顿，方丈大师郑重道，"这鲁班锁只能开启一次——"

鲁平眉头皱起。

我心中也是暗自嘀咕："鲁班锁我可没开过。"

我看向鲁平，只见鲁平望着方几上的六柱鲁班锁眉头越来越紧。似乎他也是无从下手，毕竟这六柱鲁班锁只有一次机会，开错的话，恐怕就再也没有机会看到那第四份《推背图》了。

鲁平脸上神情凝重，慢慢将手放到那鲁班锁上。

我的心跟着悬了起来。我忍不住道："鲁大哥，你想出破解这鲁班锁的方法了？"

鲁平摇了摇头："这六柱鲁班锁的六根柱子分别是左柱、右柱，前檐、后檐，上梁、下梁六根。左、右柱可用的柱子有 104 种形态；前、后檐可用的柱子有 84 种形态；上梁可用柱有 55 种形态，下梁有 316 种形态，加起来一共有 747 种形态。"顿了顿，鲁平苦笑道，"可是这里面只有一次机会——"

鲁平看向方丈大师。方丈大师苦笑着摇摇头："老衲也是没有办法。要不，鲁先生你拿着这锦匣回去研究？"

鲁平皱眉道："此刻想不出破解的办法，拿回去也是一样束手无策。"

我心中琢磨："这鲁班锁虽说有 747 种形态，但是开启只有一种办法，这样说来，这鲁班锁的破解办法应该跟朱重八有关，这锦匣既然是他托付给圆慧的，那么锦匣上的鲁班锁密码显然也是他设定的——"

我脑海中蓦地想起梅岭滕王阁秘洞石头天书——心中霍然一亮——我对鲁平道："鲁大哥你还记得梅岭秘洞里面有一口石棺，石棺里面有一本石头天书吗？那本书就是我打开的，要不我来试一试？"

鲁平看着我，迟疑道："你有几成把握？"

我笑道："一成肯定有。"

鲁平眉头一皱，微微有些失望。

我笑道："鲁大哥，可是我开启石头天书的时候，就连一成把握也没有。"

鲁平想了想，似乎觉得我说的有些道理，沉声道："那好，咱们就拼了。"

鲁平抬起头来，对方丈大师道："方丈大师，如果不小心损毁了这锦匣，还望大师原谅。"

方丈大师展颜道："鲁先生客气了，这个锦匣既然是给你了，那么你如何处置，老衲自然没有意见。"

我将那锦匣拿到身前，深深吸了一口气，跟着双手放到那六柱鲁班锁上，随后按照开启梅岭秘洞的办法，心中默念，奇数为阳，偶数为阴，跟着反转两次，正转三次，再反转四次，正转五次……慢慢转动起来。

我额头慢慢渗出了一颗颗汗珠。就在我心中默念数字完毕，手中也依次转动完毕的时候，就听到"啪"的一声，那锦匣匣盖自己翻了过来。

我们都是大喜，目光一下子全都落到那锦匣里面。

只是我在看到那锦匣里面的一刹那，整个人仿佛被人兜头浇了一桶冷水。

锦匣里面居然空荡荡的，什么都没有。

我看看鲁平，鲁平也看向我。我们二人相互对视一眼，随后全都将目光落到方丈大师脸上。

方丈大师脸上一片茫然，看着锦匣，口中喃喃道："怎么会这样？

鲁先生，老衲真的不知道锦匣里面为什么会是空的。这个锦匣老衲一直放在这挂画后面，这其中发生了什么，老衲就不太清楚了。"

鲁平缓缓道："大师不必自责，这锦匣上面的六柱鲁班锁也不是寻常人可以打开的，所以这个跟贵寺一定没有关系，最大的可能就是有人偷偷打开锦匣，将里面的东西取走了——方丈大师，不打扰您了，我们这就告辞。"说罢，我们起身向方丈大师行了个礼，这才转身出门。

过了一会儿，身后传来方丈大师的声音："二位施主慢走。"

我和鲁平一路走出慧济寺山门，站在门口一株鹅耳枥树下，鲁平低声道："小兄弟，你怎么看？"

我有些沮丧："我也不知道，第四条线索就这样中断了，或许咱们没有那个福分吧，和那个宝藏注定失之交臂。"

鲁平低声道："我觉得偷走锦匣里面的东西的人，一定是我们缺一门或者北斗七星一脉的人。"

我明白鲁平的意思，他的潜台词是说，只有他们缺一门的人和我们北斗七星一脉的人才有可能打开锦匣，取走里面的东西。

只是此时此刻，我们说什么也没有用了。这一次普陀之旅注定是白来一趟。

我跟在鲁平身后，闷闷不乐地来到码头。

鲁敏早已经在那里等候，给了我们船票。等船的间隙，鲁敏低声询问鲁平事情进展顺不顺利。

鲁平摇了摇头。

我们三人默默地上了船，一路来到宁波。原计划在宁波休息一下，但是想到那陈彼得找不到我们，一定会气急败坏地追到宁波。这样的话，倒不如离他们远远的。

我计划去上海，鲁平则告诉我，他要和鲁敏回南昌将他的妻子接走，免得再生事端。

我问鲁平他是怎么逃出金刚控制的。鲁平看着鲁敏，脸上露出一丝得意。他低声告诉我，原来他在前往鹳雀楼的时候，就已经暗中安排鲁敏前去接应。

鲁敏一直在暗中保护我们，直到我们被陈彼得等人胁迫。鲁敏当时并没有出手，而是在等我和陈彼得离开之后，立刻动手，将金刚打倒。

我心中还是有些怀疑，这个小女孩，居然可以打倒体健如牛的金刚？！

鲁敏似乎知道我不信，伸手过来，和我握了握手，我随即感到一股巨大的力量传来，整个手掌都被鲁敏捏得生疼。

我急忙求饶："快放手，我服了。"

鲁敏松开手，抿嘴一笑。她转过身去，走到船头，海风一吹，鲁敏衣袂飘飘，竟似凌风起舞一般。

我看得呆了。

我道："鲁大哥，你女儿有男朋友吗？"

鲁平"嘿嘿"一笑："怎么？有想法？"随后他补充了一句，"我女儿还是单身。"

我伸了伸舌头，笑道："那你以后的女婿可要吃苦了。"

上岸之后，我和鲁平父女分道扬镳。

鲁平父女回到江西对付陈彼得留在医院里面的余党，我则坐动车去了上海。到了上海虹桥之后，我就打了一辆车去了一直想去的城隍庙。

上海的城隍庙和成都的春熙路，天津的滨江道，北京的王府井齐名。

踏上城隍庙，走在人潮之中，闻着街道两旁各种小吃发出的香味，我当时只有一个想法——要吃遍上海的小吃。但是肚子有限，在吃了一笼松月楼的素菜包，一盒绿波廊的三丝眉毛酥，一只城隍庙的香酥鸡之后，我便再也吃不下任何东西了。

步行到外滩，欣赏完外滩的夜景之后，我在附近找了一家酒店住了下来。

钱包里还揣着陈彼得给的五万经费，怎么着也要住一个五星级宾馆不是？

躺在宾馆松软的床上，我很快就进入了梦乡。睡梦中，我来到一片荒凉的大沙漠里。四周黄沙漫漫，一座座沙丘起伏不定，远处是一座荒凉破败的古城。

我踏着黄沙，慢慢走入古城之中。我不知道自己为什么要来这里，一双脚只是不自主地在古城里面游荡。

走到古城中央一座断壁残垣跟前，我看见那断壁之上写着一首诗。

我凑近了细看，还未等我看清，我的肩膀忽然被人重重拍了一下。

这偌大的古城里面，蓦地出现第二个人，而且这个人还就站在我的身后，我立时吓了一跳……

猛地从梦中醒来，我只觉周身湿透，睁开眼，只见墙上的石英钟已经指向十二点。

不知不觉我从昨天晚上一觉睡到第二天中午了。

我起身刷牙洗脸。就在我用刮胡刀刮胡子的时候，脑海中忽然想起了一件事。

我兴奋得差点蹦了起来。我匆匆忙忙洗漱穿衣，饭都没有吃，就打车去了车站，坐上了去宁波的动车。

下了动车，我再次打车到了宁波南站，换乘大巴，去了沈家门，坐上快艇，再一次前往普陀。

到了普陀山，我一路健步如飞，不一会儿工夫就到了慧济寺。

那知客僧看到我再次回来，诧异道："您又回来了？还是要见方丈？"

我点点头："麻烦法师通报一声，就说我有重要的事情。"

知客僧点头，径自去了。过了一会儿，知客僧匆匆回来，满脸笑容道："这位施主请，住持方丈还在原来的那间精舍。我这就带施主过去。"

来到那间精舍门口，知客僧提高声音："方丈，客人来了。"

精舍里面传出方丈的声音："请进。"

知客僧这才轻轻推开房门。

我迈步走了进去，知客僧随手关门。精舍里面，方丈正在闭目养神，听到我的脚步声，随即睁开眼睛，笑着对我道："小施主请坐。小施主此次前来所为何事？"

我恭恭敬敬道："还要再次麻烦方丈大师，把那锦匣取出来，我想看一看。"

方丈大师沉声道："没问题。"随即再次起身，走到墙边，掀起挂画，取出那只锦匣。

我伸手接过锦匣，一颗心怦怦直跳。想到马上就要验证我今天早晨的推断，心情难免有些紧张。

我按照上次打开锦匣的次序，慢慢转动六柱鲁班锁。锦匣"啪"的一声翻开。

我咽了口唾沫，双眼向锦匣里面望去，只见这锦匣里面依旧是空空荡荡。我目光在锦匣里面细看，只见锦匣里面是用一整块锦缎做的内衬。我伸手轻轻一拉，那内衬居然被我拉了出来。内衬里面赫然绣着十二幅图。

十二幅《推背图》的卦象！

我大喜，抬头看向方丈大师，颤声道："方丈大师，我们要找的就是这个——"

方丈大师一怔，看着那锦缎内衬上的字迹，喃喃道："纤纤女子，赤手御敌。不分祸福，灯光蔽日——这个好像是李淳风和袁天罡的《推背图》啊！"

我点头道："大师，我们要找的就是这个——"

方丈大师喃喃道："原来锦匣里面藏的就是这个——"我从这锦缎内衬上一字字看了过去，这锦缎上除了这十二幅《推背图》卦象之外，并无其他，我目光随即望向锦匣里面，赫然发现锦匣里面，居然出现了王之涣的《凉州词》：

黄河远上白云间，一片孤城万仞山。羌笛何须怨杨柳？春风不度玉门关。

我心中潮声激荡——难道那第五条线索，是在玉门关外？

锦匣上绘制了一幅万里黄沙图，黄沙上一座古城，孤独地伫立在大漠之中……难道这是告诉我们，那第五份《推背图》就是在玉门关外的某一座古城之中？

我起身向方丈大师告辞。走出慧济寺山门，我心里一直在琢磨："如果我推测的是真的，那么那座古城是玉门关外的哪一座？"

琢磨了很久，我还是没有半点线索。我觉得还是给鲁平打个电话咨询一下比较好。谁知道我的电话还没打过去，鲁平的电话已经打了过来。

　　鲁平告诉我："王看山，你在哪里？如果你还在上海，不如再去慧济寺看一看那个锦匣，我感觉那个锦匣里面虽然是空的，但是说不定锦匣里面的四壁有些东西，咱们昨天忽略了，一看锦匣里面没东西，瞬间失去了查看锦匣的想法，这个是我的疏忽。"

　　我笑道："鲁大哥，我现在就在慧济寺山门外面——"

　　鲁平又惊又喜："你已经看过那个锦匣了？发现什么东西没有？"

　　我于是将锦匣里面发现王之涣《凉州词》的事情跟鲁平说了。

　　鲁平沉默了一会儿，这才告诉我："我知道这《凉州词》指的是哪里了。"

　　我急忙问道："是哪里？"

　　鲁平沉声道："你现在去宁波机场，坐最早的飞机到敦煌，然后在敦煌机场等我——"说罢，鲁平挂了电话。

　　我坐快艇离开普陀山，到了岸上之后，打了一辆车去了宁波机场。第二天上午经过西安中转，中午时分到了敦煌机场。

　　甫一走出机场，我的手机便响了起来。电话里是鲁平的声音："你在哪儿？"

　　我告诉鲁平："我刚出来。"

　　鲁平道："好，你出来后，看到路边一辆银色的高尔夫，我就在车里。"

　　我走到公路边，抬眼望去，路边果然有一辆银色高尔夫。

　　我快步走了过去。还没到车前，高尔夫车门已经开启，鲁平从车里下来，迎上两步。

我握住鲁平的手，笑道："鲁大哥咱们又见面了。你那里安排好了吗？"

鲁平点点头，笑道："已经安排好了，咱们上车谈。"

我们坐上车，鲁平吩咐司机向玉门关开了过去。

一路上，鲁平告诉我，他回到南昌之后，费了一番周折，这才将看守在医院的陈彼得的手下打发走。随后他想起慧济寺的事情，才给我打了电话。挂电话之后，鲁平立刻买了机票，连夜赶了过来。

我笑道："鲁大哥，你现在可以告诉我那第五份《推背图》指向玉门关外面哪个地方了吧？"

第二十四章
魔鬼城

　　鲁平缓缓道："玉门关外面有一座魔鬼城——《凉州词》指的应该就是那魔鬼城了。"

　　我心里一凛。原来是魔鬼城，这个魔鬼城我倒是听说过，据说距离玉门关有九十多公里远，里面是雅丹地貌群落，整体像一座中世纪的古城。我倒是从来没有去过。

　　鲁平沉声道："这玉门关由来已久，在西汉的时候，便已经存在了，只不过要想在这玉门关外的魔鬼城里面找到第五份《推背图》，恐怕不太容易。"

　　我奇道："为什么？"

　　鲁平苦笑道："因为魔鬼城太大了，魔鬼城南北宽一到两公里，但是东西却足足有二十五公里长。咱们要想在这么大的一片区域里面找到一个小小的线索，真的是大海捞针一样。"

司机忽然开口道："找不找得到，那就看咱们的运气好不好了。"

这个司机居然是女的，而且司机的声音怎么那么熟悉？我忽然想了起来，忍不住道："鲁大哥，这个司机是你的女儿——"

鲁平哈哈一笑道："是啊，她就是我女儿鲁敏，我跟你介绍过的，在南昌待着没事，我让她跟你来，她也许还能帮上一点忙。"

我笑道："鲁姑娘的本事我是见过的，就是不知道鲁姑娘这一身本事是怎么来的？"

鲁平"嘿嘿"一笑："这孩子从小体质就比较弱，我就让她跟着我朋友学了一点粗浅的功夫，学了这么多年，自保肯定没问题了。"

我心里暗道："你这谦虚得也太过分了，就你姑娘那几手功夫，估计跟罗汉，金刚差不多。甚至比金刚还要强一些，否则的话，金刚也不会那么容易让你逃脱。"

鲁敏忽然开口道："咱们的坏运气来了。"

"怎么了？"我急忙转过头来，向车后面望去，只见一辆黑色奥迪紧紧跟在我们身后。

鲁敏沉声道："一定是陈彼得那一伙人，这些人还真是阴魂不散。坐好了。"说完，这辆高尔夫仿佛吃了兴奋剂一样，瞬间提速，车子宛如离弦的箭一样，冲了出去。

几分钟之后，这高尔夫便将那辆黑色奥迪远远地甩在身后。再拐了两个弯之后，那辆奥迪已经不见了踪影。

鲁敏这才将速度降了下来，保持在时速七八十公里，向玉门关驶了过去。

三个小时之后，我们到达了雅丹魔鬼城一侧。

我们三人下了车，站在荒凉的大漠之上，看着远处的落日将余晖洒在这古城之上。

我心中浮想联翩，从《凉州词》想到王之涣，从《推背图》想到朱重八——想到那第五份《推背图》也许就在这魔鬼城下面，我心中就有些兴奋。

鲁平看着起伏连绵的魔鬼城，沉声道："咱们进去。"随后迈步走向古城之中。我和鲁敏跟在后面。

这古城中到处都是黄沙。或高或矮的雅丹地貌群落绵延数十公里。在这个偌大的古城之中，又去哪里寻找第五条线索？

我感觉漫无头绪。

走了一个小时，我们三人来到古城中央一处断壁残垣之下。看着渐渐暗下来的天色，我有些发愁："鲁大哥，看来咱们今天是找不到了，我看咱们先回去，明天再来。"

鲁平点了点头道："好。"

刚刚说完这个字，鲁平忽然脸色一变，低声道："不好，有人来了。"

鲁平拉着我和鲁敏的手，悄悄退到断壁后面，只见远处一块长长的巨石仿佛一根平放在地面上的长笛一样。神奇的是，这一根貌似长笛的巨石之上，竟然有五个一人高的洞孔。

此刻已经暮色四合，洞孔里面黑漆漆一片。

鲁平低声道："咱们躲到那里面去。"

我点点头，随即跟着鲁平来到形如长笛的巨石一侧，钻进第三个洞孔之中。

进到里面，我才发觉，这洞孔之中很是宽阔，足足可以容纳五六个人。我们刚刚在洞里隐蔽好身形，就听到一阵脚步声奔了过来。

脚步声奔到断壁之前，便停了下来。

听这脚步声似有五六个人。我正在心中好奇是谁的时候，就听到一个人沉声道："那辆高尔夫还在外面，那个瘸子肯定在这里——"

这个粗鲁的声音正是金刚。

我的心一沉，看来陈彼得他们还是追了过来。

接着就听到陈彼得的声音传了过来："高尔夫里面几个人，你们看清了吗？"

罗汉低沉的声音响起："最少三个人。我看到那小子上了车，车后座坐着那个瘸子，前面应该还有一个司机，副驾驶不太清楚有没有人。"

随后又传来王理事的声音："陈总，那几个人既然来到这里，恐怕《推背图》第五条线索就在这里，咱们分开找找看。"

陈彼得沉声道："天色眼看就黑了，这古城里面可不好找，这样吧，金刚，你去高尔夫那里守着，看到他们回去就招呼一声，我和罗汉还有王理事看看这里有没有什么线索。"

金刚答应一声，转身走出数步，忽然大声喝道："什么人？"

我心里一惊——难道这魔鬼城里面又有其他人来了？

我看了看鲁平，鲁平随即将嘴巴凑到鲁敏耳朵边，低声嘱咐了两句，这才蹑手蹑脚地走了出去，悄悄溜到那断壁之后，从断壁的一侧探出头去。

我看到鲁平出去，于是大着胆子也溜了过去。借着暗淡的月光，我看到断壁前面站着金刚、罗汉、王理事、陈彼得四个人。

这四个人对面则站着一个一身灰衣的光头男子。

月光之下，这一颗光头异常醒目。

这光头男子沉声喝道："你们是什么人？这么晚了，不能在这里逗留，赶紧走。"

我一怔，心道："这个光头口气不小，不知道是什么来历，难道是雅丹公园的管理员？可是这么晚了，这个人居然还在古城里面巡逻，真是敬业。"

陈彼得"嘿嘿"一笑："好，我们这就走。"他随即招呼王理事、金刚、罗汉三人向外面走去。

那光头男子直到这四人走得看不见踪影，才从断壁一侧向南面走了过去，不一会儿工夫，也消失在黑暗之中。

鲁平低声道："那个陈彼得信不得，估计一会儿还会回来。"

我点点头，低声道："是啊，那个姓陈的很不要脸，他说的话都不能信——咱们还是先离开这里再说。"

鲁平点点头。

我们二人慢慢转身，再次回到孔洞之中。我正要招呼鲁敏，却看到鲁敏此刻正站在洞里面，双眼眨也不眨地望着面前的石壁。

我一怔，走了过去，靠近石壁，这才看到鲁敏面前的石壁上竟然有一幅图。

这幅图刻在石壁之上，图案简洁，只是画了两个圆环。

圆环套圆环。

鲁敏却看了很久很久。

我正要叫她，心里蓦地一动，忽然就想了起来——

我低声道："《推背图》开宗明义第一章，谶语就是'茫茫天地，不知所止，日月循环，周而复始'。"

鲁敏回过头来："不错，这两个圆环就是《推背图》第一章绘制的那一幅图。"

鲁平眉头皱起，低声道："这圆环是什么意思？难道是被人无意之中刻在这上面的？"

我仔细看了看，摇摇头："鲁大哥，你看，这圆环刻字足足有寸许，这么深，可不是现在才刻上去的，估计最少有上百年了。"

鲁平眼睛一亮："如果按照你的推测，上百年可不止，应该有几百年了。对了——"鲁平似乎想起一件事，对我和鲁敏道："你们有没有感觉这块石头好像一根长长的笛子？"

"是，就是像一根笛子——只不过不像普通的笛子，普通的笛子有六个孔，这个却只有五个。"我说。

鲁平沉声道："这个像羌笛，羌笛最开始只有四个孔，后来发展成五孔的。"

我这才明白，心里梳理出一条线来——慧济寺、凉州词、魔鬼城、羌笛——《推背图》。

我兴奋道："看来这个形如长笛的巨石，应该是岁月风化留存下来的，但是这里面的圆环标志却是有人故意刻在这上面的。"

鲁平沉声道："应该就是这样。"说罢，他迈步走到石壁跟前，伸出手，在石壁图案处敲了敲。过了一会儿，鲁平脸上露出一丝喜色："这后面是空的。"他从身上取出一把匕首，在那石壁图案上用力一插。

石壁上石屑簌簌落下。不一会儿工夫，石壁上便出现了一个小小的洞孔。

鲁平左手伸了进去，片刻之后，从洞里面取出一个长方形的锦匣。

这个锦匣和慧济寺方丈保存的那个锦匣一模一样，锦匣上面也有一个六柱鲁班锁。我心里一喜，看来我们真的找对地方了。

这个形如长笛的巨石真的藏着《推背图》的线索。

鲁平看了看，这才将锦匣递到我手中，笑道："小兄弟，开这个你轻车熟路，还是你来开吧。"

我点点头："好。"

我伸手接过锦匣，随后按照之前的方式转动六柱鲁班锁，如此几番之后，锦匣"啪"的一声开了。

鲁敏取出一支手电照向锦匣，只见锦匣里面赫然放着一张薄薄的水纹纸。

我们都是一怔。

鲁平戴上手套，将那张水纹纸小心翼翼地取了出来，慢慢展开，赫然发现，这水纹纸上画了两个圆环。圆环中用楷书写着一首谶言和一首颂。

谶曰：

一阴一阳，无终无始。终者日终，始者自始。

颂曰：

茫茫天数此中求，世道兴衰不自由。万万千千说不尽，
不如推背去归休。

我道："这个是《推背图》第六十象的谶和颂啊！这是什么意思？"

鲁平又将锦匣仔仔细细地查看了一番，再无所获。看来这锦匣里面只有这一张水纹纸了。

鲁平将水纹纸再次收起，装入锦匣中，随后递给鲁敏。鲁敏装入背包之中。

鲁敏沉声道："咱们去这巨石其他几个洞孔看看，说不定有其他线索呢。"

鲁平点点头。我们三人分别在其他几个洞孔查看了一番，还是一无所获。随后鲁平决定扩大查找范围。

我们三人于是就在这月光之下，沿着羌笛巨岩走出里许。

月光之下，我忽然看到东面有两块巨大的岩石紧密相连。远远看去，就好像两只鹅蛋。

我心中一动，停住脚步，对鲁平道："鲁大哥，你看那两块巨石像不像咱们在水纹纸里面看到的那两个圆环？"

鲁平点点头，道："像。"顿了一顿，他道："这两块巨石挨得这么紧，说不定真的和双圆环图有什么关联呢。走，咱们看看去。"

我们三人快步走到那两块巨石跟前。抬眼望去，只见这两块巨石一黑一白，足足有十来米高。巨石一侧，竖立着一块展示牌，展示牌上写着"西西弗斯的石头"。

鲁平一怔，奇道："'西西弗斯'是什么意思？"

鲁敏告诉他，西西弗斯是希腊神话里面的一个悲剧人物。传说他是柯林斯的建立者和国王，他曾经一度绑架了死神，让世上没有了死亡。最后，西西弗斯引起众神的愤怒，诸神为了惩罚西西弗斯，便让他将一块巨石推上山顶。那巨石太过沉重，每每快到达山顶，便又滚了下来。西西弗斯便接着再去推动石头。西西弗斯日复一日、年复一年地做着这件事情，永无止境。

鲁平喃喃道："原来如此。可是这玉门关又怎么会出现希腊神话？"

鲁敏介绍道："这雅丹地貌群落都是后人根据石头的形状命名的，比如有的酷似金字塔，便取名为金字塔，有的酷似舰队，便取名为舰队。这两块石头，估计也是取名的人看过希腊神话，这才起了这个名。"

我笑道："我看这两块石头一块黑色，一块白色，应该叫阴阳石才对。"我说到这里，猛地想起什么，道："你们说那金箔上写的，一阴一阳，是不是就是说的这两块石头？鲁姑娘，这石头下面没有什么古怪，你看看能不能爬上去，上面没准儿有新发现。"

鲁敏点点头，道："好，我上去看看。"

随后鲁敏绕着这两块巨石转了两圈，在巨石北面站住，从背包里面取出一根长绳，绳索一端绑着一枚登山钩。鲁敏看着巨石上方，右手一甩登山钩，登山钩画出一道优美的弧线，稳稳地落在巨石上方。

鲁敏使劲拽了拽，看登山钩牢牢勾住巨石后，这才伸手抓住长绳，爬了上去。片刻之后，她翻身到达巨石顶部。

我忍不住对鲁平道："鲁姑娘的身手真好，每一次看到我都佩服得不得了。"

鲁平"嘿嘿"一笑："要不等回去以后，让她教你两手。"

我笑道："我可不要鲁姑娘当我师父。"

正说着，鲁敏从巨石上方探出头来，月光下，她满脸兴奋："这上面有个地方真的很奇怪，我拉你们上来。"随后她将那根长绳顺了下来，拉着我和鲁平上了巨石顶部。

巨石之上，甚是宽阔。

鲁敏收好长绳，然后带我和鲁平走到巨石中间的部位，低声道："你们看——"

只见这巨石上方呈椭圆形，两个椭圆中间相连。两块巨石一黑一白，中间交界的地方凹陷了下去，像是一只狭长的眼睛。中间凹陷的位置，被黄沙覆盖，变成了黄色。这一幅图像，和水纹纸上的图案一样。

我心里一动——这只"眼睛"下面，难道就藏着我们苦苦寻找的宝藏？

第二十五章
天 眼

鲁平看着那天然形成的"眼睛"，沉声道："咱们挖开这黄沙看看。"

鲁平从背包里面取出一把工兵铲，我笑道："鲁大哥，还是我来吧，我年轻力壮，这些粗活交给我。"

在鲁敏面前，我怎么好意思让鲁平动手。

鲁平微微一笑，将工兵铲交到我手里："以后不能叫我鲁大哥了，叫我叔叔。"

我"嘿嘿"一笑，知道鲁平的意思。

我转头看了看鲁敏，只见鲁敏脸上还是一副淡定从容的模样，似乎没有听出这句话什么意思。

我转身拿着工兵铲，在月光下奋力挖了起来。我挖了不到半个小时，已经挖到坑底。

这坑底有一块圆圆的石头。我看了看，感觉这圆石就像眼球一样。

鲁平让我将这坑底黄沙全都清理干净，这样好看看坑底其他地方有没有线索。

我按照鲁平的吩咐，又挖了半个小时，这才将这坑底黄沙全都清理干净。

月光下，我看得明明白白，这坑底只有这么一块宛如眼球的圆石。

鲁平缓缓道："这个石头应该是人为所致。"

我嘀咕道："难道是个机关？"

鲁平目光闪动："咱们试一试就知道了。"

鲁平随即伸手抓住那圆石，按照梅岭机关的开启顺序依次转动。谁知道那圆石一动不动。

鲁平苦笑道："看来这个方法并不奏效。"

我摸了摸鼻子，也是不知道该如何是好。

鲁敏走到圆石前，沉声道："我试一下。"她双手抱住圆石，使劲往后一拉，那圆石居然被她拉得向后动了一下。

我和鲁平都是大喜。

鲁平道："看来这圆石需要蛮力。王看山，咱们三人一起上。"我答应一声，走到圆石的另外一侧，鲁平站在我旁边，我们三人同时发力，那圆石被我们推开了！

圆石推开之后，坑底立刻显出一个黑黢黢的洞口。

我们三人喜出望外。鲁平将那工兵铲抵在圆石下面，随后对我们道："咱们下去看看。小敏，你在这里给我们守着，那陈彼得等人来了，立刻通知我们。"

鲁敏点头道："好。"

鲁平想了想，取出鲁班矢递到鲁敏手中，低声道："你拿着这个鲁班矢，万一陈彼得他们来了，你就赶紧跑，找这附近镇上的陶木匠，陶木匠家里开着一个厂子，有几十个工人，你给他看这鲁班矢，看在鲁班爷的面子上，他一定会出手相助。"

鲁敏再次点头："我知道了。"

鲁平取出手电，向洞里面照了一下，只见这里其实是一口竖井，竖井足足有十七八米深。竖井靠着南面的一侧，有一排斜斜向下的石阶。一股股阴寒的气息从洞里涌了上来。

鲁敏将长绳绑在石头的一端，另一头垂到洞中。

过了五六分钟之后，待洞里面的寒气散发得差不多了，鲁平才抓住长绳，慢慢溜了下去。我等鲁平双脚站稳，也抓着长绳溜到洞底。双脚踏到地面的瞬间，我只觉得寒凉刺骨。

这洞里竟像是冰窖一样。

我知道沙漠里面昼夜温差很大，但是想不到这地洞之中竟如此寒冷。

我搓了搓手，感觉双手暖和了一些，这才跟在鲁平身后，沿着那倾斜向下的石阶慢慢走了下去。

石阶差不多有一百多级，石阶的尽头是一间耳室，耳室里面摆着两张冰凉的石床。穿过耳室，则是一条长长的走廊。

走廊两侧每隔十来米便是一间石室。我数了一下，这两侧的石室竟然有二十四间之多。

每一间石室里面都摆放着两张冰冷的石床，其中第五间靠着东面的石床上还摆放着一根长长的锡杖。

鲁平将那锡杖小心翼翼地拿了起来，仔细看了看，然后指着锡杖上的两个字对我道："我知道那石头的来历了。"

我看到锡杖上雕刻着"天眼"二字，心中一动，缓缓道："难道这里是天眼寺的旧地？"

鲁平点了点头："我听我师父说起过，但是没想到这世上居然还真的有天眼寺这个地方。天眼寺比较隐秘，江湖上也是少有人知，你是听谁说的？"

我告诉鲁平，我是听我父亲说起的。

在一个酷热的夏天，在我老家院子的大槐树下面，我父亲偶然跟我提起天眼寺的事情。

这天眼寺据说和河南嵩山的少林寺一样古老，那少林寺有七十二项绝技，而这天眼寺据说有八十一门神通。

那少林寺在河南嵩山，这天眼寺却是在甘肃敦煌，两座寺庙都是在北魏年间兴建，天眼寺的名声一度居于少林寺之上，只不过在太武皇帝灭佛之后，这天眼寺被太武皇帝的手下神麚武士一把火给烧了个干干净净。自那以后，天眼寺趋于衰落，那些未曾在太武皇帝灭佛运动中罹祸的天眼寺僧人，随即于沙漠中一座荒废古城里面，另外造了一座天眼寺。

很少有人愿意到那黄沙漫天的古城中晨钟暮鼓，每日念经礼佛，因为那大沙漠说不好就将进入其中的来人吞噬。

天眼寺的僧人越来越少，到最后，已经很少有人听过这个寺庙了。我父亲说，我爷爷年轻的时候，有一次从甘肃的腾格里沙漠路过，被风沙所阻，在一座沙城之中躲避风沙，无意中结识了几个僧人。一番攀谈之后，知道那几个僧人就是天眼寺的僧人，那些僧人询问我爷爷姓名的时候，我爷爷编了一个名字瞒过他们。

据说天眼寺当年被毁于一旦，还是源于一个名叫崔浩的人。

这个崔浩原先就是一个五斗米的门徒，后来他将自己所学的五斗米改良了一下，变成一个天师道。崔浩蛊惑太武帝加入了天师道，其后更是在太武帝的宠信之下，做到了宰相。太武帝自封为太平真君，建立天师道场，更是将年号改为太平真君，成了一个道教徒。太武帝在崔浩的蛊惑下，大肆兴起灭佛运动。

年深日久，这天眼寺早已湮灭在岁月里，谁也没想到我和鲁平居然在这大沙漠里面来到了天眼寺的遗址。

我们沿着走廊走到尽头，走廊尽头是一扇石门。我们来到石门跟前，刚要推开石门，鲁平一把拉住了我。

我这才发现，石门上居然有一只手印。我心里一惊，看样子，这天眼寺里面早就有人先我们一步来到这里。来人是否还在这里面？

不过看那圆石被黄沙覆盖已经很长时间了，这里又无粮无水，待不了多少时日，应该早就没人了。

只是看到石门上的那一只掌印，我的心里隐隐地升起了一丝不安。

因为那一只掌印，居然有六根手指。

鲁平皱着眉，缓缓道："这个六指人是什么人？"

我看着鲁平，迟疑了一下，问道："鲁大叔，你跟我父亲熟吗？"

鲁平一怔，道："你怎么想起问这个？"

我摸了摸鼻子，有些尴尬道："就是随便问问。"

鲁平想了想道："我和你父亲认识很长时间了，每隔一两年你父亲就会去南昌找我，我们俩就去滕王阁附近一家叫'滕王斋'的酒楼喝酒。喝完酒，你父亲就离开了。只是有一次他喝多了，才跟我说起你，说这些年对不起你，没有照顾好你。"

我问道："那你看我父亲身上有没有什么奇怪的地方？"

鲁平眉头一皱："奇怪的地方？你父亲正常得很啊——"顿了

一顿，鲁平迟疑道，"要说有奇怪的地方，那就是你父亲无论春夏秋冬，左手都戴着一只手套。"

我涩声问道："你没有觉得有些奇怪吗？"

鲁平道："我好奇心不是很大，我交朋友都是交心。不过，我也问过你父亲，你父亲说他的左手得了一种病，只要暴露在太阳之下，那只手就会痉挛，所以他左手经常戴着手套，时间久了，也就习惯了，不论什么场合都不摘。"

我心里复杂难言。我该不该告诉鲁平我父亲其实就是六指人？他的左手就是六指，这石门上的掌印，正是左手。

想到这掌印极有可能是我父亲留下的，我心里又是紧张又是激动，只是不知道该怎么跟鲁平说这个事。

我沉默了很久，这才鼓起勇气告诉鲁平："鲁大叔，我父亲左手就有六根手指，这石门上的掌印，有可能就是我父亲留下来的。"

鲁平一怔，喃喃道："原来如此。"但他随即宽慰我道，"这世上六根手指的人还是有很多的，说不定只是你想多了而已。"

鲁平伸手推开石门。

石门只是虚掩着，一推就开。

我和鲁平迈步走了进去。抬眼望去，只见这石门背后赫然是一间大殿，大殿正中供奉着一尊菩萨。

菩萨两侧的石壁上刻着一副对联：

安忍不动如大地。静虑深密如秘藏。

鲁平念了一遍，这才道："这是地藏王菩萨。"

我点点头："这天眼寺供奉的是地藏王菩萨，看来是取这个'地藏'二字。"

鲁平沉声道:"是啊,这天眼寺饱经忧患,居然还能在这大沙漠里面存活下来,这忍耐便远非常人所及。而且又在这荒无人烟、人迹罕至的大沙漠里面藏身,可谓是用心良苦,就是不知道他们天眼寺还有没有后人留存下来。"

我摇摇头:"恐怕很难,这天眼寺应该只是一个遗迹。"

我们沿着大殿走了一圈,除了发现地上有杂乱的足印之外,并未发现有其他异常。

大殿的东面有一个角门。推开角门,后面是一条狭长的走廊,走廊尽头又是一间石室。

只是这石室里面放置了一排排书架。

书架上满满的都是书籍。

那些书籍用手一摸,立时变成齑粉。

我们慢慢退出,来到地藏王大殿中寻找线索。

我琢磨了一下,告诉鲁平:"咱们看看这地上的足印,估计能够找出一些线索。"

地上足印杂乱,但细看下来,好像除了我们,只有两三个人的足印。这些足印在大殿里面绕了几圈之后,有的回到了来时的走廊中,但是,其中有一个人的足印在地藏菩萨的背后转了三四次之多。

我心中一动:"难道这地藏王菩萨身上有什么古怪?"

我来到地藏王身后,仔细查看,发现地藏王菩萨身上居然也有那六指人的掌印。而且地藏王菩萨的基座之上似乎也有转动之后又复原回来的印迹。我忍不住告诉鲁平:"鲁大叔,这地藏王菩萨似乎可以转动,说不定就跟那圆石一样,下面另有乾坤。"

鲁平眼睛一亮,走了过来,跟我一起抓住地藏王菩萨的一侧,先是从左往右发力，试图转动地藏王菩萨，但地藏王菩萨一动不动。

我们换个思路，这一次从右往左发力，那地藏王菩萨果然转动了起来。片刻之后，地藏王菩萨向一侧移开半米左右，原来的地方出现了一个四四方方的洞口，一架绳梯绑在洞口下方的铁钉上。

这绳梯看上去年深日久，不知道是什么人遗留在此的。

我和鲁平对望一眼，一颗心怦怦跳动。

此时此刻，我们二人急切地想要知道下面的情况。

鲁平先抓着绳梯试了一下，发现这绳梯虽然年代久远，但不知道是什么材质，居然很是坚韧，并未损坏。

我和鲁平这才大着胆子下到洞底。抬眼望去，这下面赫然是一个开阔的洞窟，洞窟左侧石壁上有密密麻麻的字。

这些字像是刀刻在上面的一样。

石壁刻字下面，一个穿着大明朝武官衣服的中年男子背靠石壁，坐在地上。大沙漠里面水分流失严重，这武官年深日久，也就成了一具干尸。洞窟南面则是一扇厚重的石门，石门上用利刃刻着一首诗。

诗曰：

金木水火土已终，奇珍异宝此门中。后世子孙太平日，
鲁班尺废鬼推星。

我心里嘀咕："这一句诗里面怎么还有鲁班尺和鬼推星？那不是我王家的两个传家宝物吗？这首诗前两句似乎是说门后面便是那宝藏所在，后面两句连在一起，就不太明白了。"

我看了一会儿，随即走到那石壁跟前，抬眼望去。

看完之后，我心中巨震，竟似感觉一个湮灭在历史之中的谜团，徐徐在我眼前展开。

原来这个武官乃是当年建文帝的亲信，名叫尚世宝。

这尚世宝为人精明能干，深得建文帝宠信，年纪轻轻就做到一品带刀护卫。

建文帝即位之后，便着手开始削藩。一年之内，便将周王、代王、湘王、齐王、岷王尽数拿下。

其后，燕王朱棣在道衍和尚的推动下，发起了靖难之役。

随着战事进行，建文帝已经有了不好的预感，于是就秘密派遣士兵将后宫大内里面的黄金铸成金砖，带到一个安全稳妥的地方。

当年负责安置这批金砖的就是尚世宝。

尚世宝随即带着一队人马来到这玉门关外，千辛万苦找到了当地的一个僧人，这个僧人就是当年天眼寺的后人。

尚世宝从这名僧人的口中得到了天眼寺的地址。

随后尚世宝带着一众下属，找到了这传说中的天眼寺，于是就将这金砖悉数埋藏到了这天眼寺里面，以备日后建文帝复国所用。

埋葬之时，尚世宝竟然发现这天眼寺下面另有一座宝库，里面藏满了奇珍异宝，而这些奇珍异宝居然是当年太祖爷留下来的。

当年太祖爷派人设计了机关，然后派遣工匠将这宝藏用巨型石门封住。

这石门乃是一块断魂石，只有朱家子孙才能通过器具开启，其他人，万万无法打开。

尚世宝随即将那些金砖封存起来。

将这金砖尽数埋藏好了以后，这一队人马则被尚世宝在一个晚上尽数毒死。那名僧人也被尚世宝下了毒。

尚世宝随后赶回了京城，却发现建文帝已经逃走，下落不明。而他自己则也被划入了朱棣追杀的名单里面。

朱棣登基之后，始终放心不下建文帝，于是就命令郑和带队寻找。郑和七次下南洋，主要目的也是为了寻找建文帝。

朱棣第二个寻访目标就是尚世宝和他所藏匿的黄金。

尚世宝见朱棣追杀自己，无奈之下，逃到了玉门关，随后暗中潜入天眼寺，就此绝食而死。

尚世宝也算是为主尽忠。

我看完之后，唏嘘不已。

鲁平皱眉道："看来石门上的那个掌印应该是尚世宝的。"

我走到尚世宝跟前看了看，发现尚世宝的左手果然是六根指骨。

我心里这才一阵放松，只是心里又浮起一个疑惑："这石门后面如果是太祖爷的宝藏，那么尚世宝藏起来的那些金砖又去哪里了？"

我看向四周，这洞窟里面空空如也。

我抬起头，看到上面绳梯，绳梯尽头，隐约可见洞孔里那一尊地藏王菩萨的巨大身影。

我心中一动——地藏……地藏——这洞窟里面既然是藏匿金砖的地方，那些金砖也绝对不会不翼而飞——莫非是藏在这地面之下？

我蹲下身去，然后招呼鲁平用手电给我照着，随后我伸手在地面上划拉了两下，地面尘土之中，竟然透露出一丝暗金色的光泽来。

我又惊又喜，对鲁平道："鲁大哥，你看——"

鲁平咽了口唾沫，道："想不到那尚世宝将金砖全都铺在这地面上了。"

鲁平随即取出一把匕首，将一块金砖撬了起来。

这块金砖下面还是金砖，也不知道这下面铺了几层金砖。

我站起身来，四处望去，心中暗道："这洞窟的地面如果全都铺的金砖，那么这洞窟里面金砖数量之多，可真的是超乎想象了。"

鲁平将金砖放下，随后站起身来，看着那石门，缓缓道："石门里面，那些奇珍异宝，恐怕更加难以想象——"

第二十六章

地　藏

　　我抬起头，看着面前那扇厚厚的石门，心中暗道："朱元璋在那石门后面究竟藏了些什么？"

　　鲁平目光闪动，道："要想打开这石门，恐怕要先弄明白这首诗里面的意思。这首诗前面三句都很好理解，就是第四句'鲁班尺废鬼推星'让人不太明白，我知道那鲁班尺就是我们缺一门祖师爷流传下来的一个测量工具，可是那鬼推星又是什么？"

　　我从背包里面取出一具罗盘，告诉鲁平："这个就是鬼推星。"

　　鲁平一呆，看了看那罗盘，又看了看我，奇道："你这个是鬼推星？"

　　我点点头："我父亲在我十五岁那年给我的，他告诉我，这个是我们北斗七星王家开阳一脉祖传的宝贝。"

　　我将那罗盘打了开来，指着上面铁铸的小鬼对鲁平道："我们王家给人看阳宅的时候，就用这鬼推星。我父亲说，看阴就是看阳，看阳也是看阴。这鬼推星能在为别人看阳宅的时候，测出阳宅下面暗藏的吉凶。"

鲁平眉头皱起："你们王家难道跟这个太祖爷也有关系？"

我苦笑道："这个我就不知道了。"

鲁平沉声道："你有这鬼推星，是不是还有那鲁班尺？"

我犹豫了一下，点了点头。

我感觉自己说出来，会不会让鲁平感觉到太多巧合？

鲁平脸上神色慢慢凝重起来："这鲁班尺你又怎么得来的？这个明明是我们缺一门的镇门之宝——缺一门有三件宝贝，一个是鲁班矢，一个是《鲁班书》，还有一个就是这鲁班尺了。这个怎么在你手里？"

我苦笑道："鲁大哥，这个我还真不知道。这个也是我父亲给我的，我父亲当时都没告诉我这个是什么东西，只说这个东西要我好好保存。我是后来查了一些资料才知道这个就是鲁班尺的。"

鲁平点点头："看来你父亲隐瞒了好多东西。"

我老老实实回答："是，所以我现在也在找我父亲，期盼他能给我所有答案。"

鲁平脸上浮现出一丝笑容："知道所有答案？恐怕不可能，有的时候，就连当事人也不见得知道所有。"

鲁平走到石门跟前，细细观察，接着取出一把匕首，在石门上轻轻划了几下。

石屑簌簌落下，片刻之后，石门上在"金木水火土已终"的"终"字上居然出现小小的圆孔，而在那"奇珍异宝此门中"的"中"字上，那一竖居然出现了一条自上而下、约莫有三厘米的凹槽。

鲁平伸出匕首插了进去，匕首的刀身居然全部插进去了。

鲁平转过身，看着我，说："你看这石门，这一圆一方两个孔洞，象征天圆地方，应该是插入某个东西，这石门机关才能开启。"说罢，鲁平的目光落在我手中的那具鬼推星上。

我迟疑道："鲁大叔，你的意思是说，插入这鬼推星和那鲁班尺？"

鲁平点点头道："不错，鲁班尺插入方孔，鬼推星的鬼头插入圆孔，然后转动机关，这石门应该就可以开了。"

我随即从背包里面取出鲁班尺递给鲁平，我则拿着鬼推星。我深吸了一口气，正要将那鬼推星的鬼头掉转过来，插入石门圆孔之中时，只听身后传来一个熟悉的男子声音："千万别动——"

我和鲁平都是一怔，急忙转身。抬眼望去，只见从洞窟一侧的绳梯上，陈彼得慢慢走了下来。在他身后的是王理事、司马奕和司马姗姗，最后面的是罗汉和鲁敏。

鲁敏脸色凝重，沉着脸，看到鲁平的那一瞬间，鲁敏咬紧嘴唇，眼睛里面都是愤怒之色。

鲁平脸上满是关切道："小敏，他们有没有伤到你？"

鲁敏没有回答，而是冷哼了一声。

鲁平一呆，有些不知所措。

我看到这一幕也是大为奇怪。

陈彼得、罗汉、王理事、司马奕四个人慢慢走到我们身前。司马姗姗则走到鲁敏身旁，拍了拍鲁敏的肩膀，低声安慰了两句。

我越看越是奇怪，不明白鲁敏为什么会跟司马姗姗走到一起。

陈彼得笑道："小兄弟，你还记得我们北斗七星一脉，门中弟子进门之后，开宗明义背诵的那几句吗？"

我"嘿嘿"一笑道："北斗七星，同气连枝，有福同享，有难同当，情同手足，患难与共——陈先生什么时候拿我当自己人了？那一日在梅岭秘洞里面，我跟这位鲁大哥还有司马姑娘差一点就死在里面，陈先生难道忘了？"

陈彼得并未生气，慢慢道："我给你讲一个故事吧，讲完这个故事你就明白了。"

我心里暗骂："好端端的讲什么故事？"

陈彼得自顾自讲了起来。

鲁班的后世子孙创立缺一门，用来纪念鲁班，但缺一门中又有许多说不清的秘密。《鲁班书》更是为后人大为忌讳，据说里面记载了很多奇奇怪怪的邪门道术。

修炼《鲁班书》的人，据说也是鳏、寡、孤、独、残，缺一不可，是以这个神秘的门派才叫作缺一门。

缺一门传人也喜欢搜集各种各样的典籍，用以增加自己的功法。

大唐年间，缺一门传人偶然听说这世上有这么一本书，叫作《推背图》，这《推背图》可以推算出未来，一时间大为震惊。于是当时的缺一门掌门就前往京城寻找这本《推背图》。

这本书本来藏于皇宫之中，安史之乱以后，这本书的真本便杳然无踪了。

鲁班的后人为了得到这《推背图》，四处寻访，却始终一无所获。转眼间到了元朝末年，缺一门这一代的掌门叫鲁启明。

这鲁启明承继缺一门历代掌门的遗愿，也是四处寻访，无意之中，在一处小镇结识了朱重八。

朱重八用一个馒头换来了三枚鲁班矢。

当时鲁启明并不知道那个面黄肌瘦的小和尚日后居然纵横天下

当上了将军。

当朱重八命人手持鲁班矢找到缺一门的时候，鲁启明知道自己一定要帮他。帮助朱重八就是帮助天下无数穷苦的百姓，帮助无数想要恢复大汉天下的黎民。

鲁启明出手，两次都挽狂澜于既倒。

他知道，那个昔日的小和尚——今日的大将军，未来一定能够成为一个一统中原的皇帝。

后来，不负所望，朱重八历经千难万险终于当了皇帝。鲁启明派人送去了一把鲁班尺，两盏九龙杯。鲁启明的意思是让朱重八尺量人心，公道天下。

其后，朱重八果然不负所望，将大明朝治理得井井有条。只是立谁为太子的事情，却费了朱重八一番思量。

思来想去，朱重八还是立了朱标为太子。

朱重八临终之际，找来缺一门的掌门。鲁启明已经亡故，这一代的掌门叫鲁修成。朱重八告诉鲁修成自己死后，照顾朱允炆。

鲁修成当时虽百般不解，但还是答应下来。其后靖难一役，建文帝不知下落，鲁修成寻访建文帝时，得知大宝藏的秘密，知道开启《推背图》宝藏的线索就在那九龙杯。

鲁修成将这个秘密传了下来。数百年后，缺一门已然式微，但缺一门的后人始终掌握着这个秘密。

八国联军侵略中国的时候，曾经在圆明园里面得到过半本《推背图》，据说得到这半本《推背图》之后，英国海军司令西摩尔如获至宝，找到国内的一名道人解说之后，更是对这《推背图》里面阐述的道理奉为圭臬，于是就想方设法要找到这个《推背图》的真本。

其后，因为西摩尔忙于搜寻《推背图》的真本，疏于军务，后来这才被德国人阿尔弗雷德·冯·瓦德西取代。

西摩尔回国以后，将这《推背图》刻本藏在家中，反复研究，后来得出一个结论，这《推背图》可以称为中国第一奇书，而且可以和诺查丹玛斯的《诸世纪》相提并论。

西摩尔退休以后，将这本《推背图》刻本交给了一九〇九年刚刚成立的英国军情六处，其后英国军情六处就派人将触角伸到了中国。

几十年后，日本成立了内阁情报调查室，这个调查室偶然得到这个信息，知道英国军情六处正在找寻《推背图》真本。日本情报调查室对这个信息大感兴趣，于是派人潜入中国。

派去的这名日本人叫佐藤一郎。

佐藤一郎潜入中国以后，化名左一帆，四处查探。最后得知《推背图》真本的线索在缺一门后人鲁贵的手中，于是来到山东，折节下交，和鲁贵成为莫逆兄弟。然而鲁贵却始终不肯吐露这《推背图》真本里面藏着的秘密。

左一帆无奈之下，只有另谋他路，于是娶了一位当地的女子为妻，这个女子生了一个孩子，二十年后长大成人，这个孩子和鲁贵的儿子结为夫妇。

鲁贵二十年后病入膏肓，临终之前，这才将自己所有的秘密告诉自己的儿子鲁南星。

鲁南星随即又将这个秘密告诉了自己的妻子左胜兰。

左一帆大喜若狂，随即让女儿左胜兰告诉自己。

左胜兰却坚持不肯告诉。左胜兰生于中国，对于父亲的行为始终不肯认同，也就不肯吐露这其中的秘密。

左一帆大怒之下将女儿杀死,随后潜逃回日本。其后,数年之内,左一帆慢慢积功,升到了日本情报调查室的室长。之后的几十年中,他不断派出谍报人员前往中国境内,搜寻《推背图》的真本所在。

日本情报调查室下了很大的功夫,从缺一门一个名叫石天行的弟子口中得知了梅岭秘洞的事情,并且得知北斗七星的传人正在集合门下弟子前往梅岭秘洞。于是左一帆亲自来到中国,联系到了欧阳明,一番鼓动之下,欧阳明带着左一帆还有一名摸金校尉提前去了梅岭。

在摸金校尉的帮助之下,三人找到秘洞的虚位,从虚位暗道进入秘洞。待得看到那九龙杯之后,摸金校尉居然要占为己有,随即被左一帆杀死。

那摸金校尉想不到的是,自己是被左一帆招募而来,最后却被左一帆暗算,惨死于梅岭秘洞之中。

欧阳明见左一帆如此狠辣,于是就虚与委蛇,将那九龙杯交到左一帆手中,二人相携着离开,谁知道到了外面,乘坐火车的时候,欧阳明忽然大声叫喊,左一帆见势不妙,于是就将那装有九龙杯的背包放下,快速溜走。到了外面,左一帆随即报警,这才有了欧阳明被抓,含冤入狱这一系列经过。

左一帆暗中收买监狱里面的囚犯,将欧阳明杀死,伪造成自杀的样子。另一边,左一帆又雇人前往省博物馆盗取那一只他得而复失的九龙杯,谁知道那被他收买的盗贼,将那九龙杯盗走以后,随即远走高飞,隐姓埋名,躲了起来。

左一帆郁愤交加,大病一场,无奈之下,只有先回日本。回到日本之后,左一帆将这一切全都写在一本手札之中。

只是左一帆没有想到,那梅岭秘洞石棺下面的密室之中,还有朱元璋的刻字，那刻字之中隐藏着大宝藏的线索。左一帆没过多久就郁郁而终了。

一晃很多年过去，日本情报调查室再次派人来到中国，这一次派来的头目叫作山口正南。山口正南找到鲁南星，暗中下手，将鲁南星杀死。

鲁南星的儿子鲁平和儿媳带着一岁多的孩子正在海南度假，也被山口正南的手下杀死。

二人被毁尸灭迹，唯一留存下来的就是鲁南星的孙女鲁敏。

其时，鲁敏只是一个刚刚蹒跚学步的孩子。

山口正南将鲁敏抱回日本，随后让自己的妻子宫本慧抚养长大。然后又让山口组的一些武士传授鲁敏功夫，教她失传已久的忍术。

山口正南刻意做了一个局，自己改名鲁平，而妻子宫本慧则改名葛晓明，也就是当初鲁平的妻子。

山口正南一直伪装成鲁平，让鲁敏叫自己为父亲，并且告诉鲁敏，鲁敏一家被歹人所害，爷爷惨死歹人手中，一家三口这才远渡重洋来到这里避祸。

说到这里，陈彼得"嘿嘿"一笑，对鲁平道："我说得对不对，山口正南先生？"

我的心慢慢沉了下去——这陈彼得如果所言属实的话，那么我身边站着的这个其实是日本人。

鲁平脸上却是不动声色，淡淡道："你编得太离谱了，陈先生。"

陈彼得笑道："我说得不对吗？山口正南，你这样做，其实就是为了缺一门，你本来想着缺一门鲁南星一家全都被你杀死，然后你就可以冒充鲁平，四处寻找缺一门弟子，然后让他们为你所用。

但是后来看到蹒跚学步的鲁敏，你忽然想到，有这样一个孩子在身边，更有说服力，毕竟这孩子身上留着鲁家的血。就这样，你才手下留情，将这孩子留了下来，我说得对不对？山口先生？"

这已经是陈彼得第二次追问了。

鲁平目光转动，并不回答。

陈彼得继续道："你没有想到的是，你再次回到中国以后，却发现鲁南星并没有死，只是被你所伤，十来年里，卧床不起，而且精神状态也不是很好，似乎记忆也差了很多，一会儿糊涂，一会儿清醒。于是时隔多年以后，你就大胆赌了一把，你让鲁敏回家，跟鲁南星住在一起，你却借着给妻子看病的借口，依旧四处寻找《推背图》，依旧用鲁平的身份在缺一门里面四处招摇撞骗，你知道了很多秘密，比如九龙杯的秘密。你之所以敢这么赌，就是因为当日杀害鲁南星的时候，是在夜里，你们也没有和鲁南星说过话，你就赌鲁南星根本就不认得你们。我说得对不对？山口？"

这是陈彼得第三次追问。

鲁平眼睛眯起。过了好一会儿，这才冷冷道："既然你都知道了，那么我也没有什么好说的了。"

我的心一寒，颤声道："你真的不是鲁平？"

鲁平身形一晃，只一眨眼就站到了我的身后，跟着左手闪电般勒住我的脖子，右手的鲁班尺不知道什么时候收了回去，换成了那把寒光凛凛的匕首，匕首的刃锋就抵在我的咽喉上。跟着鲁平对我笑道："不错，老子就是日本山口组的山口正南——别动，动一下，这匕首就进去了，你可就再也看不到那大宝藏了。"

我又惊又怒，一时间说不出话来。这么长时间被他玩弄在股掌之间，我心里面越想越气。

眼前的陈彼得还不知道是好是坏，但是我身边的这个绝对是个大恶人。

我看向鲁敏，发现鲁敏已经嘴唇紧闭，双眼含泪。似乎她也不能接受自己有个这样的父亲。

山口正南冷冷道："陈彼得，我就纳闷你是怎么知道我的身份的？"

陈彼得笑道："你自己以为天衣无缝，你哪里知道你的所作所为处处都是破绽。"

山口正南冷笑道："不可能，老子在中国十多年了，处处小心翼翼，我也从未让那鲁南星看过我的脸，除了他，不会有人知道我是谁。"

陈彼得沉声道："不错，你是十分小心，你不光改成了鲁平的名字，而且你连鲁平的爱好全都摸得详详细细，但是有一点你忽略了——"

山口正南道："哪一点？"山口正南很想知道自己什么时候露出了马脚。

陈彼得缓缓道："你忘了最重要的一点，你杀死鲁平的时候，鲁平已经三十来岁了。"

山口正南哼了一声："那有什么关系？"

陈彼得道："大有关系，你虽然冒充了鲁平的身份，但是鲁平生前的关系你却不可能全部掌握，而这里面最关键的一个人出现了，这个人跟你相处了十几年，每隔两年跟你见一次面，这个人你还记得吗？"

山口正南迟疑道："你说的是王江河？这个小子的爹？"

陈彼得点点头："不错，就是王看山的父亲，他父亲可不止一次和你见面，你们俩也算是莫逆了，对不对？"

我心中一动："我父亲难道是故意和山口正南交朋友？"

陈彼得道："只不过你不知道的是，王江河以前也是鲁平的朋友，他是在无意之中，再次遇到你，和你攀谈起来，而你始终不知道这一点，你以为你们是第一次见面，便一见如故。嘿嘿，你太高看自己了，我们北斗七星一脉的人，怎么会随随便便和陌生人交朋友？"

山口正南恨恨道："王江河这个大骗子。"

罗汉喝道："你才是大骗子。"

陈彼得笑道："不错，这个山口先生才是真正的骗子，只不过这个骗子并不自知，他还以为他魅力无穷。

"我们北斗七星的人，其实一直都有联系，只不过在暗中。王江河并没有告诉王看山，第一是生怕他儿子知道担心；第二是兹事体大，倘若王看山被卷入其中，那恐怕就会波折迭起，不可收拾。基于这两点，王江河一直没有告诉王看山这里面的诸多事情。

"待到王江河遇到山口先生之后，便觉得山口先生和鲁平截然不同，毕竟不同文化背景出来的人，怎么可能一样？但是这个人又和他认识的那个人名字一样，王江河便暗中查访，这才得知鲁平和妻子葛晓明不知何故，在海南忽然就去了日本，十多年后才回来。王江河知道鲁平在日本并没有亲戚，这里面一定出了什么事情。王江河这才和我致电，我告诉他，先放一下看看，毕竟这么多年了，如果鲁平出事，恐怕早已经出事了，现在咱们看看这个冒牌的鲁平到底要干什么。于是王江河就暗中观察这位山口先生的行踪，数年之间，发现这山口先生居然在四处查找《推背图》。王江河将这一切告诉了我，我于是就派人去了日本，前前后后寻找了两年，这才得知原来这位冒牌鲁平居然是日本山口组的山口正南先生，只不过山口先生负责的不是打打杀杀，而是刺探情报，盗取他国的国宝。"

山口正南冷哼一声："陈彼得，想不到你居然下这么大的血本。"

陈彼得微微一笑，道："这个自然，这些都是我们国家的东西，怎么能够让你一个外国人偷走？我知道这个信息之后，便立即召集北斗七星的人，布下了一个局，要引蛇出洞。只不过这条蛇比较狡猾，不太好引，所以这里面需要一个和山口先生不熟悉的人，但又不能和他没有一点关系，要不然山口先生不会轻易相信，于是我们便委托司马会长和司马姑娘把王看山带入这个局里面。"

我心里恍然大悟，原来司马姗姗身上的人面疮也是司马奕故意做出来的。而我一直是局外人，却因为这个山口正南，才把我变成了一个引蛇出洞的诱饵。

因为我不认识山口正南，所以说话的时候，不会露出马脚，而我又是王江河的儿子，所以天然会让山口正南对我有一分信任。

这个陈彼得真的是一只老狐狸。

我看着陈彼得，哈哈一笑道："幸不辱命。"

山口正南匕首在我咽喉上往前一探，怒道："想不到你小子居然和他们串通好了，来骗老子，信不信我杀了你？"

我脖子往一旁一缩，道："我信，你什么做不出来啊！"

山口正南气道："你——"

陈彼得笑道："山口先生，王看山他并不知道这一切，我从国外回来，带着九龙杯，而且大肆宣传，其实就是为了引起你的注意，没想到你这么轻轻松松就上钩了。山口先生，做人还是不能太有心机了，毕竟和我们中国人比脑袋瓜子，你是和王麻子比脸上的点，差多了。"

山口正南默然不语。

陈彼得道："山口先生，我看你还是放下匕首，老老实实跟我们去公安局吧。"

山口正南怒道："陈彼得你就别做梦了，我是不会跟你去的。"说罢，山口正南对我喝道，"往绳梯那里走！别捣鬼！"匕首在我脖颈上点了一下。

我只有听从山口正南的吩咐，一步步向绳梯那里走去。

陈彼得摆了摆手，示意众人让开一条路。

我心里着急，不知道该如何摆脱困境。

山口正南这一次再也不装瘸了，一路押着我来到绳梯下面，这绳梯只能一个人上下，山口正南随即让我转过身，喝道："站在这里，别耍花样，要不然我出去以后，就杀了王看山——"

陈彼得沉声道："山口正南，你逃出去也没有用的，外面公安局的同志早就等着你了。"

我听到身后没有声音，这才转过身，抬头望去，只见绳梯尽头，已然没有了山口正南的踪影。

我转过身，看着陈彼得等人——这几个人到底是好是坏？

也许只有见到我父亲，才能知道这里面的真相了。

陈彼得看着面前的石门，看着石门上的那首诗，口中喃喃道："后世子孙太平时，鲁班尺废鬼推星。这鬼推星难道真的是你手中的那一具罗盘？"

看来这几个人已经听到我和山口正南的对话了。

我点了点头："是。不过现在也没有用了，鲁班尺被山口正南拿走了，没有鲁班尺，光有鬼推星也打不开这石门。"

陈彼得微微一笑，道："鬼推星可能是天上地下独一无二，但是这鲁班尺可就不一定了。"

我问道："陈先生，外面真的有公安局的人在守着？"

陈彼得笑道："没有，我刚才是骗骗那山口正南的。山口正南骗了你那么长时间，这一会儿挨咱们骗一下，也是应该的，礼尚往来、以彼之道还施彼身。不过，我们到天眼寺的时候，已经安排金刚报了警，估计警察很快就会来了——这里既然打不开，咱们现在还是出去吧。"

我点点头，众人齐齐转身，沿着绳梯爬了上去。我抬眼望去，只见远处已经有警车开了过来。

我看了一眼巨石下面的洞口，想到这个藏匿了数百年的宝藏窟终于要重见天日了，不知道为何，心中竟然没有一丝喜悦。

陈彼得留下罗汉和金刚招呼公安局的人，我和司马奕、王理事、司马姗姗、鲁敏乘陈彼得的奥迪离开了这里，到了玉门旅店，我们住了下来。

一路上鲁敏始终皱着眉，脸色凝重，似乎有什么心事。

我知道此时此刻，还是要多给她一些时间，让她慢慢消化这些事情。

我躺在床上，将这几天发生的事情捋了一遍，总感觉自己被人戏耍了一样。

这个始作俑者也不知道是谁，是我父亲、司马奕，还是陈彼得？

我正在胡思乱想的时候，有人敲门。我起身开门，门外站着司马奕祖孙俩。

我有些纳闷，不知道这二人为什么来到我房间，虽说事情已经说开了，但是我心里总有些疙瘩。

我将二人让了进来："坐吧。"

司马奕和司马姗姗坐在我对面，我则坐在床头，看着这祖孙俩，我还是忍不住问道："是不是我父亲让你们联系我的？你们当初在司马姑娘身上作假，弄出人面疮，引我到京城，在京城四合院里面说的那番话也全都是假的了？"

司马奕看着我，"嘿嘿"一笑道："当时说的那番话也不全都是假的，我当年找你父亲，千辛万苦才找到，这个是真的，你爷爷被人陷害也是真的，只是那个时候，我们都不知道陷害你爷爷的居然是一个日本人。如果不那么说，你怎么肯心甘情愿跟我们演这出戏？这出戏最主要就是不能让山口正南看出来。这个不是你父亲决定的，是我们商量后的结果，我们觉得你作为北斗七星的一分子，理所应当出一把力。"

不知道为什么，得知不是我父亲主动建议之后，我心里竟然好受了一些。

司马奕沉声道："你爷爷当年也是为了《推背图》背后的秘密才锒铛入狱，而后含冤死去，你父亲也是为了还你爷爷一个清白，才这么多年抛家舍业，四处寻找《推背图》的线索——你要理解你父亲的苦衷。"

我无言。

司马奕笑道："好在这《推背图》终于找到，你爷爷泉下有知，也可以瞑目了。"

我忍不住问道："我父亲现在在哪里？这《推背图》既然已经找到，那我父亲为什么还不出现？"

司马奕笑道："快了，说不定明天他就会来这里找你。"

我沉声道："借你吉言。"但是我心里还是不太相信，毕竟这么多年，我父亲始终神龙见首不见尾。

第二天我们分道扬镳。陈彼得带着金刚、罗汉去了王理事家，司马奕祖孙俩回了北京，我则一个人带着鬼推星回了天津。

一年之后，玉门关雅丹公园博物馆开馆的第三天，我到了博物馆外面，买完票，跟随人流进到馆内。

博物馆内陈列了从天眼寺里挖掘出来的种种奇珍异宝。我心里始终好奇，没有鬼推星和鲁班尺，那些人是如何打开天眼寺宝藏石门的？

我走到那一卷《推背图》跟前。我来这里的目的，就是为了看一看从天眼寺中取出来的这一整本的《推背图》真本。

《推背图》真本放在玻璃罩中，外面隔着护栏。

我从一幅幅图案前慢慢走过，走到其中一幅图跟前，我停了下来。

画中是一段城墙。

城墙下面写着一首谶、一首颂。

谶曰：

草头火脚，宫阙灰飞。家中有鸟，郊外有尼。

下面是两句颂。

颂曰：

金羽高飞日，邙山踏雪行。真龙游四海，方外是吾家。

这一首谶、一首颂，我曾经在梅岭秘洞里面看到过一次，我知道这个是说建文帝靖难之役后，下落不明。

民间全都传说建文帝出家为僧。昔年燕王朱棣打着靖难的旗号，攻破南京大门。满朝文武惊慌失措，建文帝打算自杀，免遭其辱。少监王越提醒建文帝，说太祖皇帝临终之际留下了一个箧子。

太祖皇帝说后世子孙如果有难，可以打开这箧子一观，箧子里面自有办法可以对付困局。

建文帝随即和众人将那篚子打开，只见里面放着三张度牒，一把剃刀，十两白银，还有僧袍僧鞋，一件当年太祖皇帝留下来的袈裟。最后是一张红纸，红纸上写道——从鬼门可出，余人从水关御沟而行。

建文帝当即落发，随后带着两名随从——郑洽、杨能，一路从皇宫地下暗道逃了出去，其后不知所踪。

建文帝去了哪里？谁也不知道。

当年郑和七次下南洋，据说也是为了寻找建文帝。找不到建文帝，当年的燕王寝食不安……

建文帝的下落，也许就在这《推背图》里面，毕竟当年朱重八得到《推背图》以后，将真本藏于天眼寺里面，市面上留下来的刻本已然被改得面目全非，尤其是《推背图》里面关于大明的那几幅图案，更是如此。

我来到玉门关博物馆，其实也是为了想要看看能不能从这失传已久的《推背图》真本里面找到一些建文帝下落的线索。

毕竟我曾经答应过范家祠堂的老太太，为她找出当年失踪的建文帝的下落。

我喃喃念诵了几遍——金羽高飞日，邙山踏雪行。真龙游四海，方外是吾家——

我心中一亮，我知道，我或许已经找到了答案——

我忽然感觉有些异常，似乎有人在悄悄注视着我，我抬起头，果然，在十余米外的另外一个站台旁，一个身穿黑衣的年轻女子正在静静地看着我。

女子的眼神复杂难言……

尾 声

我笑着走了过去。

"你怎么来了，鲁敏？"

鲁敏脸色凝重，看着我，低声道："咱们找一个安静的地方，我有些事情要跟你讲。"

我点点头："好。"

半个小时后，我们坐在玉门酒店我住的房间里面，我给鲁敏倒了一杯水，笑道："有什么事情找我？"

鲁敏看着我，道："我回去以后，跟我爷爷说了山口正南的事情——"提到山口正南，鲁敏还是有些难过。这个我能够理解，毕竟一个抚养自己长大的人，突然之间变成了自己的杀父仇人，换了谁，恐怕都需要很长一段时间才能接受这个事实。

鲁敏调整了一下情绪，这才再次慢慢讲述："我爷爷让我继续查找建文帝的下落，我于是就再次搜集各种线索。前些日子，有一个记者做了调查，写了一篇报道，报道里面说，建文帝靖难之役以后，逃出皇宫，流落在外，落脚的地方不止十处，其中有福建的开元寺、古田雪峰寺，这些寺庙我全部去查访了一遍，全都没有，最后只剩下一处，宁德的——"

我忍不住道："是不是金邙寺？"

鲁敏一怔，奇道："你怎么知道？是不是你也看过那篇报道？"

我微微一笑："我胡乱猜的。"

鲁敏皱了皱眉，继续道："前些日子我去了宁德，专门去看了金邙寺的一座古墓。那座古墓坐落在上金贝村的南山上，墓顶有火龙珠，一眼看去就知道是明朝的墓制。整个古墓呈舍利塔形，三进布局，里面是僧人须弥座舍利塔，外面是四柱亭式享堂，外围墓坪三丈六。整体内圆外方，内外结合的地方呈瓶颈状，火龙珠罩顶，两边刻双鲤朝地。墓向正南，而且还用了闭嘴龙的纹饰。这个纹饰除了古时候的帝王，谁都不敢用。"顿了一顿，鲁敏接着道，"这个古墓还有享堂拜亭，和尚墓是不会有拜亭的。"

我心中暗道："看来建文帝真的曾经流落到宁德。"

鲁敏告诉我，她又四处查访了一下，原来这个村子的开基祖叫郑岐，有学者研究过，说这个郑岐就是当年跟随建文帝逃出皇宫的二十二名大臣之一的郑洽。村民说郑岐原名叫作郑三合。

郑三合娶亲那天，金邙寺的一位和尚前来喝酒，郑三合称呼那僧人为师傅。

"三合"两个字组起来就是一个"洽"字。

郑洽跟随建文帝一直到去世，子孙后代也都留在山下为建文帝守墓。

村子里面，仅存的六栋郑姓村民的老房子里面，其中有一栋建于明代，门楣上此刻还有一块匾额，匾额上有四个大字——豹蔚南山。

鲁敏打听到了一个姓郑的后人。那名郑姓后人看到鲁敏后，起初百般不说，待鲁敏自报家门之后，那人这才试探着询问鲁敏是否知道鲁班矢。等到鲁敏拿出鲁班矢的时候，那郑姓家人目瞪口呆，这才满脸激动地将鲁敏悄悄带到附近的一座支提寺中，找到支提寺的方丈。

方丈看到鲁班矢，也是激动不已，确认无误之后，这才感慨万分。随后方丈将鲁敏带到客堂中，问鲁敏有何贵干，鲁敏便将寻找建文帝下落的事情一一跟方丈说了。

方丈这才告诉鲁敏，原来当初建文帝带着两名亲信从鬼门逃出皇宫，其他二十余名随从则从水关御沟逃了出来。随后辗转各地、四处漂泊，没想到还是被燕王手下抓住。

郑洽、杨能逃走。

燕王当时已经登基为帝，手下道衍和尚告诉燕王在天津卫造一座锁龙大阵。

燕王当即命令道衍和尚去做这件事。

在这个时候，建文帝被捉到了。

燕王当即提议，要道衍和尚将建文帝埋入阵眼，永绝后患。

其时，天降大雪，道衍和尚听闻远处隐隐鬼哭，突然害怕起来，匆匆离去。

郑洽便在这时，和杨能带着二十余人从暗处蹿了出来，来到掩埋建文帝的阵眼前，几个人七手八脚地将建文帝挖了出来。

原来这二人逃离之后，便一直暗中筹划办法，待听到建文帝将要被埋入阵眼之后，郑洽便急忙联系道衍和尚手下的一名军官，那军官也不忍看到建文帝如此惨死，随即吩咐几名亲信，特意在建文帝的阵眼上做了手脚，让建文帝埋到土中时不至于立时窒息而死。

郑洽、杨能二人将建文帝救出之后，便即远遁，来到这东南一带，先后在各个寺庙里面藏身过一段时间。

建文帝最后落脚在浙江宁德的金邙寺。郑洽蓄发还俗，娶妻生子，杨能则不知所踪。

鲁敏说到这里，停了下来，静静地看着我，道："我后来又查过一些资料，我发现你们北斗七星一脉的开山祖师木易，其实和这个杨能很像，'杨'字拆开，便是'木易'二字，这和郑洽一样。杨能当年在朱元璋的麾下也是一个奇人，本身功夫高强，再加上跟从刘伯温修习了一些奇门遁甲的功夫，使得他在太子朱标那里极为受宠。太子朱标死后，朱元璋便将他分派到朱允炆那里，辅佐朱允炆。后来杨能不知所踪，但江湖上却出现了北斗七星这个门派。"

我心头一动，问道："你这个推测有没有验证过？"

鲁敏告诉我，这些事，有些她爷爷知道，有些她爷爷就不清楚了，于是她就去问现在北斗七星里面的司马奕、陈彼得、王理事，这些人间接证实了北斗七星的祖师木易就是杨能。

因为北斗七星现任掌门司马奕手中就有一个度牒，度牒就是北斗七星祖师爷木易传下来的信物。

当年靖难之役，建文帝从太祖爷留下来的箧子里面拿出来三张度牒，一张留在他身上，一张给了郑洽，一张给了杨能。

鲁敏看着我，缓缓道："只是我有一件事一直想不通，为什么北斗七星里面掌门之位传与玉衡，但是好像门中却以开阳为尊，而且其他六门似乎都在极力保护你们开阳一脉，不让你们有任何闪失——"

我摸了摸鼻子，笑道："这个我怎么没有感觉到？你看我爷爷不是还锒铛入狱了？最后还是死得不明不白。"

鲁敏摇摇头："你不知道，你爷爷那次是个意外，要不是他擅自去拿九龙杯，也不会被人抓走。"顿了一顿，鲁敏沉声道，"但是后来我明白了，你爷爷寻找那九龙杯，也是为了寻找一个真相——"

我一怔，奇道："什么真相？"

鲁敏微微一笑，起身走到我身前，看着我的脑袋。

我被她看得有些不好意思。

鲁敏看着我的头，忽然说了一句奇怪的话："你这么年轻，都有白头发了。"跟着伸手用力一揿。

随后她拿着一根白发，在我眼前晃了晃："你看。"

我有些摸不着头脑，不知道她这个举动是什么意思。

鲁敏再次开口："我去支提寺，支提寺方丈最后给我看了两样东西，一件是袈裟，那袈裟上面，左右两边各有九条龙，中间绣着五条。支提寺方丈说，这个袈裟当年朱元璋用过，其后放在那箧子里面，被建文帝一直带在身上。另外一件则是一个四四方方的盒子，盒子里面装着一个人的头发。支提寺方丈说，这头发就是当年建文帝落发之后，留在这盒子之中的。"

说完这番话，鲁敏站了起来，对我道："我现在要去做一件事，过几天再来找你——"

我问道："你要去做什么事？我明天就回天津了。"

鲁敏微微一笑道："没事，我知道你天津的店铺地址，回头我去找你，到时候你就知道是什么事情了。"说罢，转身出门，扬长而去。

我对这个在日本长大的女孩有些无可奈何。

半个月后，我没有等来鲁敏的人，却等来了她的一封信，除了给我的信之外，还有一份 DNA 鉴定报告。

我有些糊涂，先看信，信上写着这么几句话——我拿了你的一根头发和支提寺盒子里面的头发去做了比对，鉴定结果验证了我的推测，北斗七星其他六门就是因为这个原因才极力保护开阳一脉。朱看山，保重。

落款是鲁敏。

我拿起那张鉴定报告，细细看了下去，就好像被人浇了一桶冰水。

报告上是这样写的——

依据 DNA 检测结果，待测样本无法排除与另一方待测样本亲缘关系的可能。基于 15 个不同基因点位结果的分析，这种生物学亲缘关系的成立为 99.9999%……

我大脑立时宕机，整个人呆在那里，手中拿着的鉴定报告尤为沉重……

我似乎有些明白，为什么我会有鬼推星和鲁班尺了……

数日之后，我站在范家祠堂的门口，轻轻敲了敲门。

我来是告诉范老太太，我就是她要找的那个人——

【全文完】